O assassinato de
Verônica Dantas

O ASSASSINATO DE VERÔNICA DANTAS

CÁCIA LEAL

São Paulo, 2019

TALENTOS DA LITERATURA BRASILEIRA

O assassinato de Verônica Dantas
Copyright © 2019 by Cácia Leal
Copyright © 2019 by Novo Século Editora Ltda.

COORDENAÇÃO EDITORIAL: Vitor Donofrio
PREPARAÇÃO DE TEXTO: Cris Toledo Martini
DIAGRAMAÇÃO: Vitor Donofrio
REVISÃO: Daniela Georgeto
CAPA: Brenda Sório

EDITORIAL
Jacob Paes • João Paulo Putini • Nair Ferraz •
Renata de Mello do Vale • Vitor Donofrio

AQUISIÇÕES
Cleber Vasconcelos

Texto de acordo com as normas do Novo Acordo Ortográfico da Língua Portuguesa (1990), em vigor desde 1º de janeiro de 2009.

Dados Internacionais de Catalogação na Publicação (CIP)

Leal, Cácia
O assassinato de Verônica Dantas
Cácia Leal
Barueri, SP: Novo Século Editora, 2019.
(Talentos da Literatura Brasileira)

1. Ficção brasileira. 2. Ficção policial I. Título

19-0289　　　　　　　　　　　　　　　　CDD-869.3

Índice para catálogo sistemático:
1. Ficção: Literatura brasileira 869.3

Alameda Araguaia, 2190 – Bloco A – 11º andar – Conjunto 1111
CEP 06455-000 – Alphaville Industrial, Barueri – SP – Brasil
Tel.: (11) 3699-7107 | Fax: (11) 3699-7323
www.gruponovoseculo.com.br | atendimento@novoseculo.com.br

Para o aluno Hélio Raúl
e tantos outros a quem a cor de sua pele é
motivo de críticas e (pré)julgamentos.

"De certo modo, esquecemos o axioma de que a verdade é a coisa mais importante no mundo, especialmente em seu estado puro."

Fiódor Dostoiévski, *Diário de um escritor*

Prefácio

Quem matou Verônica Dantas? Toda vez que acontece um crime misterioso, a pergunta sempre vem acompanhada de incógnitas. Um crime bárbaro costuma chocar a todos, sejam conhecidos da vítima ou não. Por que ela teve de pagar um preço tão alto e com a própria vida?...

Para descobrir os meandros desta trágica história, a talentosa escritora Cácia Leal, com a sua maneira própria, genial e peculiar de criar e descrever personagens tão sutis e reais, torna a trama bastante interessante, a ponto de levar seus leitores a uma busca desesperada para ajudar os detetives a encontrarem o culpado. A riqueza de detalhes toma conta de nossas retinas, como se fôssemos e/ou fizéssemos parte ocular da própria ficção, o que torna a sua leitura mais prazerosa.

Quem na verdade era Verônica Dantas? Por que essa bela jovem atraía tantos admiradores?... Quem eram seus amigos?... Eram todos confiáveis? – Se fizermos uma análise bem profunda da sociedade em que vivemos, em que o medo domina nossos mais frágeis pensamentos, a vida humana quase perde a importância para promíscuos desrespeitadores e infratores das leis, principalmente no Brasil, onde a impunidade parece beneficiar o infrator, em vez do cidadão de bem.

Quanto à pergunta que espera uma resposta conclusiva, você, caro leitor, terá que devorar o livro do início ao fim se quiser desvendar, junto com os investigadores, quem foi o mentor que arquitetou o plano macabro. Foi premeditado? O assassino agiu por instinto? Essa dúvida é levada pela autora, em sua genialidade de escritora, até o final da história, em uma mistura de suspense, medo e até frustações com a demora em esclarecer o crime que abalou a sociedade.

O livro é ficção, porém traz uma mistura de realismo tão plausível que prende o leitor atento e crítico ao desejar que os esclarecimentos apontem o culpado, fazendo de antemão o julgamento e condenação do réu à pena máxima imposta pela justiça dos homens.

Boa leitura!

José Carlos Ferreira Brito
Poeta, escritor e acadêmico

1

O quarto estava escuro e uma música tocava insistentemente, repetindo-se e repetindo-se, incansável. Lili abriu os olhos e apenas levantou a cabeça. Conhecia aquele toque. Estendeu o braço até o criado-mudo, pegou o telefone celular e atendeu a ligação.

– Lili! Me ajuda! – uma voz sussurrou do outro lado da linha, estava entrecortada e parecia extremamente nervosa. – Me ajuda!

– Cissa? O que está acontecendo? Onde você está? – A garota quis saber, começando a ficar preocupada.

A pergunta ficou no ar por um tempo, sem qualquer resposta, embora ainda se escutasse a respiração ofegante do interlocutor.

– Cissa! Onde você está? – Lili insistiu, quase berrando, e ouviu, do outro lado da linha:

– Psssiu... silêncio! – a irmã pediu, com a voz ainda mais baixa, quase sumindo. E, após alguns segundos, Cissa retornou, embora a ligação continuasse ruim, em pedaços: – Eu não... onde... tem mui... árvores aqui...

Lili ouviu, então, um grito de pavor e, em seguida, como se o celular tivesse caído ou sido jogado fora, os gritos começaram a se distanciar, até não passarem de um eco no infinito que aos poucos se esvaiu.

Lili, já em desespero, tentando imaginar o que pudesse estar acontecendo a sua irmã, abriu o programa de rastreamento que o telefone de Cissa possuía, a fim de descobrir a localização do celular. O mapa apontava para uma área aparentemente vazia, sem nada, literalmente, pois era apenas uma mancha verde-escura, indicando muita mata. Estranho aquilo. O que ela estaria fazendo ali tão tarde da noite, ou melhor, de madrugada? Com a localização em mãos, agarrou rapidamente as chaves do carro e saiu em disparada. Nem se lembrou da bolsa, saiu apenas com o celular, que continha o mapa na tela, e as chaves.

O automóvel voava pelo asfalto, ignorando qualquer radar de controle de velocidade, semáforos ou algo que se pusesse em seu caminho. Até alguns sacos de lixo abandonados perto do meio-fio da calçada foram arremessados para longe em um momento em que ela tirou o olho da direção para consultar o mapa no telefone. Não atropelou ninguém porque era tarde da noite e a cidade parecia deserta.

– Cissa... o que foi que aconteceu com você? – perguntava-se.

A irmã havia saído para uma festa universitária, só isso! Lili deveria ter ido junto, em vez de ficar em casa estudando... A prova do dia seguinte já não importava tanto quanto antes. O que é que a Cissa estaria fazendo tão distante do local da festa? O que ela fazia no meio do nada? E, o mais importante, quem estaria com ela?

Parou diante da entrada de uma construção abandonada. Olhou de novo no mapa do GPS, na tela do celular, e examinou rapidamente o local onde estava. O sinal da irmã parecia vir de algum lugar detrás daquele prédio inacabado. Contornou-o com o automóvel e adentrou na mata por um caminho lateral. Pouco mais à frente, um portão alto, de madeira bruta, impedia-lhe a passagem. Precisou abandonar o veículo. O portão estava fechado e ela precisaria pular. Sorte sua que seu porte físico a favorecia. Não era do tipo fanática por academias, mas pelo menos uma vez por semana aparecia por lá, mesmo que fosse só para fazer companhia à irmã. Pelo menos conseguia manter a forma com essa rotina, pois a universidade ocupava todo e qualquer minuto livre de que dispunha. Estava a alguns meses da formatura e não poderia se dar ao luxo de desperdiçar seu tempo.

Esse obstáculo foi fácil. Escalou em segundos e a descida foi mais rápida ainda, pois praticamente se atirou lá de cima.

— Estou indo, Cissa... — falou para o vazio que se abria à sua frente, assim que se levantou do chão.

Pôs-se a correr de novo, acompanhando o mapa da tela do celular. Muitas árvores, parecendo um bosque. Percebeu, então, as luzes vermelhas piscando atrás de si e alguém ao longe a mandando parar.

Nem se dera conta de que ultrapassara um carro de polícia lá atrás… Agora estava conseguindo ouvir as sirenes também. Sequer isso a deteve e achou até muito boa a ajuda que chegava, afinal, o que ela pretendia fazer quando chegasse a seu destino? Como pretendia ajudar a irmã? Pretendia jogar o celular no agressor? Era a única coisa que trazia consigo. Talvez pudesse gritar com ele? Tentar colocar em prática aquela aula demonstrativa de jiu-jitsu que tivera na infância, sem ter jamais retornado para o tatame… Não… Definitivamente nada disso iria dar certo. Por isso esse carro de polícia na sua cola era muito bem-vindo, sem sombra de dúvidas. Pensando assim, não parou. Eles que a seguissem aonde quer que fosse.

As árvores voavam dos dois lados da trilha em que seus pés seguiam. Alguns galhos chegavam a lhe golpear a face, mas não sentia dor alguma, apenas a ânsia de chegar ao seu destino.

– Cissa! – gritava, esperando ouvir a voz da irmã em resposta.

Olhava o mapa, corria o mais rápido que podia. A raiz de uma árvore secular levou-a ao chão. Rolou bastante até atingir outro tronco que também aparentava mais de cem anos. Sentiu-se tonta, mas ainda tentou se levantar.

– Cissa… – tentou chamar, mas a voz lhe saía sussurrada, exaurida.

Levantou-se apoiada em uma árvore e prosseguiu, meio cambaleante, sem conseguir correr tanto, pois o tombo lhe machucara a perna. De acordo com o mapa, estaria perto do ponto marcado na tela. Ainda ouvia a sirene distante e, como um reflexo, podia ver a mancha avermelhada que girava no painel negro celeste.

— Cissa... — chamou outra vez, agora mais alto.

Então a viu, em uma clareira. Caída sobre a grama, desacordada, a roupa ensanguentada.

— Não! — gritou ao vê-la no chão. — Cissa!

Aproximou-se e, sem um pingo de força, deixou-se cair de joelhos ao lado do corpo da irmã. As lágrimas quase lhe cegavam, mas pôde ver os policiais que a seguiram aproximando-se. Infelizmente era tarde demais.

Lili acordou num sobressalto. Sentia-se meio zonza, perdida. Onde estaria? O mundo girava ao seu redor. Suava muito e seu corpo tremia, como se a temperatura do ambiente marcasse dez graus abaixo de zero. Custou a reconhecer o próprio quarto e, quando conseguiu, respirou fundo uma, duas, três vezes, buscando se recompor.

Olhou para cima do criado-mudo. Sua arma descansava ali, ao lado do distintivo. Não. Ela não era mais aquela garota ingênua de 22 anos. Sentou-se na cama e olhou, pela janela, a noite lá fora. Estava em seu próprio apartamento. Sentia-se segura.

2

O corpo jazia sobre a cama. Olhos arregalados, fixos no teto, inexpressivos; boca semiaberta, como se tentasse protestar; braços caídos sobre o lençol rosa-bebê, todo bagunçado, pareciam cansados de tanto lutar contra seu algoz. Essa era a imagem que Lili Rocha via na fotografia à sua frente. Fora a cama desarrumada, nada parecia fora do lugar no resto do quarto.

Antes de pegar outra foto, a investigadora leu o arquivo com os dados da vítima, que constavam da ficha sobre a mesa: Verônica Dantas, loira, olhos verdes, 18 anos e estudante universitária. Na imagem seguinte, pôde ver melhor a causa da morte, pois o estrangulamento deixara marcas vermelho-arroxeadas em volta do pescoço.

Lili havia se isolado na sala de reunião da Delegacia de Repressão a Homicídios para conseguir se concentrar melhor. Aquele arquivo tinha ido parar em suas mãos para revisão recentemente, pois a dupla responsável pela investigação do caso não o poderia fazer, já que um dos investigadores estava de licença e o outro de férias. Por isso, o delegado, Dr. Hélio Raul, havia chamado Lili e seu parceiro, Nícolas Lobo, há dois dias e solicitara que dessem uma analisada em todo o inquérito.

Antes de qualquer coisa, sabendo o quanto esse crime poderia afetar Lili, por causa das semelhanças com a tragédia que ceifou a vida de Cissa, sua irmã, ele foi bastante explícito:

– Lili, quero que seja sincera comigo. Se você não se sentir confortável em analisar esse caso, é só me dizer que passo pra outra pessoa.

A investigadora pegou o arquivo das mãos dele e passou a vista rapidamente em seu conteúdo. Parecia ter passado uma eternidade desde a morte de Cissa. Ambas cursavam a faculdade, Lili no último ano, quase se formando, sua irmã fazia o segundo semestre. Ela tinha apenas 18 anos, como a vítima que estampava a imagem nas mãos de Lili.

Lembrou-se do sonho que tivera à noite. Seu subconsciente parecia adivinhar que algo a arremessaria de volta no tempo. Quatro anos se passaram… Às vezes aquela tragédia lhe parece tão distante, em outras chega como uma memória do dia anterior, tão fresca e vívida. Aquele pesadelo quase a devastara, e não podia deixar de pensar que, se tivesse chegado alguns minutos mais cedo, Cissa poderia estar por ali, com ela, aproveitando todas as festas da cidade, como ela gostava.

Muitas eram as semelhanças entre esses dois casos, embora o assassino de Cissa estivesse atrás das grades há algum tempo.

Ainda na sala do delegado, Lili terminou de folhear o arquivo e passou-o para seu parceiro. Ele também o olhou e trocou olhares com Lili, que respondeu pela dupla:

– Dr. Raul, nós queremos esse caso! – ela disse, convicta, após a aquiescência de Nícolas.

Apesar de enfática na resposta, a investigadora, no fundo, sentia que talvez não estivesse sendo tão verdadeira quanto desejava. Ainda lastimava a perda da irmã em tão tenra idade. Uma injustiça. Uma enorme injustiça.

– Que bom, porque eu gostaria que fossem vocês dois a olharem esse caso, ninguém mais. Vocês são os melhores investigadores que eu tenho – o delegado prosseguiu e, em seguida, após analisar ambos os policiais à sua frente, acrescentou: – Alguém "lá de cima" está pressionando para que o caso seja reaberto e preciso de um olhar profundo e crítico nesse inquérito.

Lili e Nícolas assentiram com a cabeça, demonstrando terem compreendido, afinal, sabiam a que o delegado se referia.

– Muito bem. – O delegado fez uma pausa para respirar fundo e contornou a mesa, colocando-se outra vez do outro lado, mas não se sentou em sua cadeira. Colocou as mãos na cintura e, com uma expressão grave na face, pegou o jornal de cima da mesa, abriu-o em uma página já marcada e jogou-o novamente sobre as pastas de casos que começavam a se acumular ao lado do computador, exatamente na matéria que tanta dor de cabeça vinha lhe trazendo. Concluiu, apontando enfaticamente para a manchete: – Vejam bem isso. Precisamos dar uma resposta sobre esse caso ao povo o mais rápido possível. Quero 100% de certeza de que esse sujeito cometeu o crime. Quero acabar com toda essa palhaçada o quanto antes.

Tanto Lili quanto Nícolas olharam para o jornal. Haviam visto a reportagem da qual o delegado falara não somente ali, mas também em outros meios de comunicação.

Não é nenhum segredo que a mídia adora uma boa polêmica, porém, nesse caso, a trama se converteu em um farto banquete para toda a imprensa, principalmente para as mídias mais sensacionalistas, que adoram criar uma teoria da conspiração.

O acusado, de nome Rodolfo, está preso, aguardando julgamento, e sua mãe foi à imprensa, alegando que seu filho havia sido acusado injustamente e que estaria na cadeia apenas por ser negro e pobre, enquanto a vítima, filha de um empresário bem-sucedido, era uma menina rica que havia vindo à Capital apenas para estudar.

O fato é que a morte de uma jovem universitária que teria uma vida inteira pela frente conseguiu abalar a sociedade aristocrata, preocupada com seus filhos, que poderiam estar no lugar da pobre moça. No entanto, acusar essa mesma sociedade de ser racista e elitista, por não aceitar que um rapaz negro e pobre pudesse ter um relacionamento com uma garota branca e rica, estava chocando ainda mais. E não apenas a classe privilegiada, mas toda a população. Enfim, a novela ganhou a mídia falada e escrita e, desde então, tem repercutido negativamente.

Antes de saírem da sala do delegado, Lili e Nícolas ainda receberam diversas recomendações, uma delas era a de não falar com a imprensa em hipótese alguma.

Foi assim, então, que o caso veio parar em suas mãos. Lili levantou o rosto e viu as folhas que já analisara sobre a mesa, todas bem organizadas, em uma pilha. Respirou profundamente antes de retomar a leitura. Para piorar ainda mais a situação, a mãe do rapaz preso entregou à imprensa fotos da vítima e do acusado juntos em algumas ocasiões, bem como trechos de mensagens de texto que eles haviam trocado por celular e que mostravam certa intimidade, embora as conversas estivessem descontextualizadas.

Nos autos, relatos de testemunhas diziam que os dois tiveram um romance, terminado por iniciativa dela, e que Rodolfo não se conformava com o afastamento e vivia tentando retomar o namoro.

A controvérsia disso tudo era que o Dr. Raul era negro, o que o deixava mais indignado ante as alegações da mídia. Ele jamais permitiria que ocorresse, em sua Delegacia, algo dessa natureza. Por isso, naquele dia em que chamara Lili e Nícolas, sua fisionomia estava ainda mais séria, sua enxaqueca voltara com força e não tinha nada a ver com o clima seco que fazia na cidade naquele período do ano.

Lili e seu parceiro precisavam, agora, analisar cada prova colhida, cada foto tirada do local do crime e, com tudo o que a investigadora havia lido até aquele momento, não estava tão esperançosa quanto a mãe do rapaz.

3

A sala de reunião da Delegacia de Repressão a Homicídios, onde Lili Rocha se encontrava naquele momento, não era muito grande. Em um dos cantos havia um aparelho de televisão com tela LCD e, ao lado, um telão de lona branca que descia desde o teto, para projeções de documentos. No lado oposto, um quadro branco para anotações, pendurado na parede. Havia também uma mesa oval ao centro, com dez assentos.

Lili estava sentada em uma cadeira, na extremidade oposta ao telão e mais próximo à porta da sala. Era uma das mais novas da equipe da Delegacia de Repressão a Homicídios, com apenas 26 anos. Havia passado no concurso há quase dois e, com suas habilidades, logo conseguiu fazer parte dessa seleta equipe, seu objetivo desde que começara a estudar para as provas. Tinha os cabelos castanho-escuros presos em um rabo de cavalo no alto da cabeça, com pontas caindo até as costas. Os olhos negros, tão compenetrados, mal piscavam.

Ela pegou outra foto da vítima e a olhava atenta, tentando compreender como ocorrera aquele crime. Muitas hipóteses lhe vinham à mente, incluindo a que foi tida como mais provável: namorado ciumento, inconformado com o fim do namoro, mata namorada. Parece simples, pelo menos à primeira vista. No entanto, uma pergunta não parava de lhe martelar a cabeça: o que teria escapado aos olhos dos investigadores que haviam iniciado todo aquele trabalho investigativo?

Olhou com atenção a cena em que Verônica se encontrava. A cama de casal, coberta pelo lençol cor-de-rosa. Uma tela emoldurada na parede, com cores vibrantes e figuras abstratas. Em cada lado da cama, um criado-mudo e, acima deles, pendiam luminárias semitransparentes, em formato de dois cilindros prateados, em desnível. Um porta-retratos descansava sobre um dos criados e, no outro, três livros, provavelmente repousando após os estudos. A cortina lilás estava entreaberta, mas clareava bastante o ambiente. Os brincos e os anéis aparentemente de valor que ela ainda usava afastavam a possibilidade de assalto malsucedido. Nada parecia errado em todo o ambiente que ela podia ver naquela fotografia. Nada se contrapunha às deduções iniciais. Jogou a foto outra vez sobre a mesa e pegou novamente a pasta com o caso. Folheou em busca dos depoimentos para tentar compreender melhor todo o conjunto de provas que constava do inquérito.

Amigos, colegas e professores da universidade, vizinhos, funcionários que trabalhavam no edifício, os pais da garota... muitos depoimentos. A investigadora iniciou uma leitura atenta. Buscava algo que não se encaixasse em toda a teoria levantada. Poderia haver mais coisas, e ela não poderia deixar passar batido qualquer detalhe, por menor que fosse.

Como será que Nico estava em suas diligências? Seu parceiro, logo após o almoço, havia ido ao apartamento em que Verônica morava com uma amiga em busca de mais algumas informações e na tentativa de conseguir constatar algumas das alegações encontradas nos autos.

4

O edifício em que Verônica Dantas morava possuía, no andar térreo, um conjunto de lojas de diferentes linhas comerciais. Nícolas analisou o local com atenção. Em vários pontos, câmeras de segurança, o que era um sinal positivo. A fachada térrea estava emoldurada por vitrines de roupas jovens, adultas e infantis; outra de calçados; uma com jogos diversificados; e pela entrada de um salão de beleza. Na parte central, uma porta de vidro com listras transversais de jato de areia dava acesso ao interior do edifício.

 Nícolas olhou para dentro, a portaria parecia deserta, então apertou o interfone ao lado do batente para chamar o porteiro. Somente após a quinta vez que a campainha soou é que uma voz atendeu do outro lado. O investigador se identificou e o porteiro disse que desceria para atendê-lo. Nícolas cruzou os braços e começou a observar o ambiente, buscando detalhes que pudessem ajudar.

 No dia em que Verônica fora assassinada, a amiga com quem ela dividia o apartamento havia chegado da aula e a encontrara sem vida. A falta de sinais de arrombamento, o fato de nada estar faltando e as condições em que a vítima se encontrava levavam a crer que o assassino era um conhecido e que a jovem o deixara entrar.

O investigador observou as lojas diversificadas daquele lado do edifício. Alguns dos funcionários com certeza devem ter cruzado com o assassino. Teria passado alguém com comportamento estranho naquele dia? Será que se lembrariam de algo após tanto tempo?

Percebeu, então, em uma das vitrines, seu reflexo e aproveitou o tempo de espera para verificar sua aparência, dando uma ajeitada no cabelo louro-escuro bem cortado. Levantou os óculos escuros até o alto da cabeça, equilibrando-os e deixando à mostra os olhos castanhos. Aproximou-se mais do vidro, pois algo lhe chamara a atenção. Virou-se para ter certeza de que havia enxergado direito. Era parte da carcaça de uma câmera de segurança. Lembrou-se de ter lido no inquérito que as câmeras do prédio haviam sido danificadas durante um protesto que ocorrera na cidade na semana anterior ao homicídio. Black blocs infiltraram-se no grupo que realizava uma marcha contra o Governo e a corrupção e diversos prédios e órgãos públicos acabaram depredados. A seu ver, era uma pena, porque esse tipo de ação tira toda a legitimidade de uma manifestação e denigre a imagem de pessoas do bem que estão lutando por seus direitos e pelos direitos de outros.

Estava concentrado, quando percebeu que a porta se abria. Olhou o relógio. Ficara mais de dez minutos na espera. Onde estivera o porteiro durante todo esse tempo? O lugar do porteiro não seria na portaria?

– Boa tarde. Desculpa a demora – o rapaz disse, ao abrir a porta e dar passagem ao investigador. – Em que posso ajudar o senhor?

O porteiro aparentava ter uns 30 anos, tinha os cabelos castanhos cortados curtos e um pouco bagunçados. Ele ajeitou o uniforme que usava.

– Estou investigando o assassinato de Verônica Dantas – Nícolas explicou, mostrando o distintivo e entrando no edifício. – E gostaria de conversar sobre o assunto.

– Achei que já tava tudo resolvido. O assassino não está na cadeia? – o porteiro quis saber.

– Apenas estou verificando alguns detalhes, para fechar o caso. O senhor é quem estava aqui naquele dia, não é mesmo? – Nícolas perguntou, consultando suas anotações em uma caderneta. – Senhor…

– Uélton… – o rapaz completou e explicou: – Uélton com "U".

– Ah, sim, achei aqui. O senhor havia dito à polícia que não existem registros das câmeras de segurança, mas vejo que tem muitas câmeras. O que houve com as imagens?

– Expliquei *pr'otro* policial que teve aqui naquela época. A maioria das câmeras tavam quebradas. Teve um protesto contra o Governo na semana anterior, na avenida que passa aqui por trás, e um grupo de mascarados passou quebrando tudo. O síndico foi na delegacia dar queixa contra eles, mas as câmeras ainda não tavam consertadas. Agora sim, tá tudo funcionando – ele explicou, enquanto se dirigia para a parte de trás do balcão da recepção e apontava para a tela do computador, por onde se viam as diversas imagens que chegavam.

Nícolas apenas arqueou as sobrancelhas. Só queria confirmar a informação.

– E na parte interna do edifício, também existem câmeras? – Nico quis saber.

– Claro, em toda a área comum, incluindo nos corredores – o rapaz respondeu e apertou uma tecla do computador, fazendo com que aparecessem outras imagens na tela. Ele apontou para cada uma e ia explicando onde as câmeras se localizavam.

– Então você teria imagens delas, pelo menos? Por que não foram entregues pra polícia na época? Vocês ainda as têm?

– Não temos, não, senhor. Os arruaceiros quebraram a porta de vidro e conseguiram chegar até aqui, na recepção. O computador também foi destruído. As câmeras registraram as imagens, mas nada foi guardado, porque o computador tava quebrado.

Nico soltou um palavrão em voz baixa, o porteiro apenas olhou para ele e riu, meio sem jeito:

– Pois é. Que azar!

Nico olhou para o rapaz e pensou consigo mesmo se poderia essa palavra explicar o que se passara ou se o assassino teria aproveitado a situação para agir.

– Maldita "Lei de Murphy" – disse apenas, pensando com seus botões que o criador dessa teoria, Edward Murphy, até que poderia ter razão, afinal, se algo pode dar errado, com certeza dará... E será da pior maneira possível, no pior momento e de modo que cause o maior dano que puder.

Nícolas fez anotações em sua caderneta e algumas perguntas genéricas ao porteiro, além de outras um pouco mais específicas. Uma das questões que queria saber era se, por acaso, Uélton se lembrava de ter visto alguém estranho no prédio no dia em que a garota havia morrido e se percebera alguma coisa fora do comum. Ele confirmou que nada de diferente havia ocorrido e acrescentou:

– Aquele rapaz que está preso, ele vinha sempre aqui. Estão dizendo que era namorado dela, eu não sei, nunca vi nem ouvi nada sobre isso. Ele também nunca se identificou assim quando vinha.

– Todo mundo que chega se identifica na portaria?

– Normalmente sim. A não ser que chegue com algum morador.

– Vocês têm algum tipo de livro de registro?

– Não, a pessoa só diz o nome mesmo e pra onde vai.

Nico arqueou novamente a sobrancelha, em sinal de compreensão, e quis saber se muita gente frequentava o apartamento da vítima.

– Claro! O senhor sabe como são os jovens, né? Sempre tinha gente por lá! Ela sempre chegava com amigos.

— Amigos? Que tipo de amigos? Homens, mulheres, jovens?

— Hãããã... os amigos da faculdade, sabe... Todos jovens, rapazes e moças. Ela tinha muitos amigos e era muito querida por todos. — E então Uélton baixou o olhar, demonstrando tristeza, e completou: — Foi mesmo uma pena o que aconteceu...

Nícolas percebeu a consternação no olhar do rapaz e teve um breve lampejo de desconfiança. Guardou para si, talvez fosse cedo demais para levantar esse tipo de suspeita. Perguntou, então, se poderia dar uma volta pelo prédio e o porteiro se prontificou a acompanhá-lo, mas o investigador preferiu ir sozinho. Antes de deixar a recepção, no entanto, ainda tirou mais uma dúvida:

— Você disse que todos que chegam precisam se identificar aqui, mas quando eu cheguei a recepção estava sem ninguém... É comum encontrá-la vazia?

— Não, eu sempre tô aqui. Às vezes tenho que dá uma saída rápida, mas levo o telefone comigo e a pessoa interfona, sabe?

— E isso de a recepção ficar sozinha costuma acontecer muitas vezes ao dia?

— Não, sempre saio e volto rápido. Hoje demorei um pouco mais, porque tive que trocar uma lâmpada no quarto andar e custei a achar a lâmpada nova no depósito. Tive que vasculhar algumas caixas pra encontrar.

— Você troca lâmpadas e faz o que mais por aqui?

– É que eu sou o zelador também. Sabe como é, né... cortaram os gastos e desde então estou acumulando os dois serviços. Tem sido comum hoje, não é? Com essa crise no País...

Nícolas arqueou as sobrancelhas novamente. Queria, no fundo, compreender como alguém abre mão da segurança simplesmente por economia. Havia ouvido falar disso, embora condenasse a prática, afinal o porteiro também serve para impedir a entrada de elementos estranhos no prédio.

Somente então o investigador percorreu as áreas comuns do edifício. Não foi até o apartamento, pois ele já havia sido liberado quando a outra equipe finalizara a investigação. Com certeza nada mais poderia ser encontrado nele.

Antes de deixar o local, ainda conversou com alguns lojistas e funcionários, para ver se alguém se lembrava de algo suspeito.

5

Lili finalmente havia terminado de ler os depoimentos, mas não encontrou nenhuma novidade. Todos os relatos estavam bastante claros. E pareciam apontar mesmo para a direção que os antigos investigadores do caso tomaram. Pelo que percebia, o possível relacionamento que Verônica e Rodolfo levavam não parecia ser bem aceito por todos os amigos e, ao que tudo indicava, os familiares também não estavam cientes da existência dele, tanto que os pais da garota foram categóricos em dizer que a filha jamais namorou Rodolfo, e disseram isso não apenas para a polícia, mas para todos os jornalistas que os interpelavam.

Pelo que percebia ao ver todos aqueles documentos à sua frente, a investigação havia sido direcionada para uma única hipótese. A tese inicial chegou a cogitar outras possibilidades, que, todavia, foram colocadas de lado assim que Rodolfo entrou em cena.

O que mais incriminava o rapaz eram as provas técnicas. Estas são sempre as mais difíceis de serem refutadas. A perícia havia encontrado digitais de Rodolfo por todo o quarto, na porta da sala e no corpo da vítima, além de fios de cabelo e uma gama de amostras de DNA espalhadas por toda a cena do crime.

No entanto, analisando de fora, com um olhar mais crítico, Lili sentia que algo havia passado despercebido. Ela não gostava de criticar colegas, mas acreditava que o responsável por aquela investigação estava realmente com pressa de encerrar o caso para poder gozar de sua licença com tranquilidade. Era muito fácil acusar um ex-namorado ciumento que, inconformado com o término do namoro, decide acabar com a vida da garota por quem nutria certa obsessão.

Assim, distraída com seus pensamentos sobre o caso, não percebeu de imediato Nícolas entrando na sala. Ele sentou-se na beirada da mesa de reuniões e colocou o jornal aberto em frente à parceira, a fim de chamar-lhe a atenção e fazê-la olhar com curiosidade. Somente então ele falou do que se tratava:

– Veja! O Dr. Raul está famoso! Primeira página! – Ele brincou, apontando para a foto do delegado estampada no jornal. Em letras garrafais, figurava uma crítica racista contra a polícia. E ele prosseguiu, comentando ironicamente: – Ainda bem que tem mais gente que acredita na versão de "pobre inocente", além da mãe e do advogado desse tal Rodolfo.

Lili apenas resmungou algo, sem tirar os olhos dos arquivos do inquérito e sem esboçar sequer um sorriso.

Ele ainda tentou uma outra estratégia para puxar o tema à discussão:

— A imprensa está crucificando a polícia e quase beatificando esse sujeito! Daqui a pouco ele vai ser considerado um mártir...

— Para ser mártir ele precisaria estar morto, e não queremos mais um corpo neste caso, não é mesmo? – ela respondeu rápido. – Você deveria estar me ajudando a obter as provas que incriminem definitivamente esse cara ou o absolvam, em vez de ficar lendo essas porcarias em jornais sensacionalistas. Precisamos acalmar os ânimos e mostrar pra sociedade que a polícia não é hipócrita e não defende o racismo, nem o elitismo.

— Precisamos acompanhar a mídia também – ele defendeu-se.

Lili continuava ignorando-o e lendo os documentos que tinha em mãos. Ainda sem entender esse comportamento dela, Nico abandonou o jornal, saiu da mesa e sentou-se em uma cadeira ao lado da parceira.

— Ei, Lili! – chamou-a, pousando a mão sobre seu braço para fazê-la virar-se para ele. – O Dr. Raul disse que, se você não estiver se sentindo confortável em analisar esse caso, pode passar para outros investigadores. Se você quiser, podemos conversar com ele.

— Estou bem, Nico! Já disse. O que te faz pensar que eu não estou bem? – Ela tentou sorrir para tranquilizá-lo, mas não teve tanto êxito. – Tá legal, me desculpa! Eu só não acordei com o pé direito hoje. Não tem nada a ver com o caso.

Ele a analisou bem antes de perguntar ainda:

— Você tem certeza?

— Claro! Amanhã estarei melhor. Não precisa se preocupar!

— Ok, então...

Ele pegou algumas das fotos que repousavam sobre a mesa e olhou-as. Lili também retornou ao documento que tinha nas mãos e apenas finalizou:

— Faz quatro anos que minha irmã foi assassinada. O culpado está preso. Eu estou bem, pode ter certeza.

Ela ainda tentou fazer a melhor expressão possível, no entanto, no fundo, tinha dúvidas se estava mesmo certa. Queria era mudar rapidamente de assunto.

— Ok — ele concordou apenas.

— E como foi no edifício em que a vítima morava?

Ele, então, contou-lhe tudo o que descobrira. Lili não deixou de expressar indignação quando soube dos black blocs e do fato de não haver registros daquele dia. Disse que iria averiguar se existia realmente um boletim de ocorrência sobre o assunto, afinal, precisavam cobrir todas as possibilidades. E ele acrescentou ainda:

— O porteiro confirmou que nosso suspeito ia muito ao apartamento da vítima, e ela sempre permitia que ele entrasse. Ele nunca presenciou briga alguma entre os dois, embora rolassem algumas fofocas sobre eles entre os funcionários...

– Que tipo de fofocas?

– Ele não especificou. Essa garota era bastante popular e o apartamento dela era muito frequentado por jovens de ambos os sexos.

Ele falou mais alguns detalhes e impressões suas. Por fim, finalizou:

– E você não vai acreditar... – Nico disse ainda, deixando o suspense no ar.

– O que é? – Ela ficou curiosa.

– A portaria com frequência está sozinha, porque o porteiro também é o zelador do prédio e se ausenta para outros afazeres.

– Ou seja, qualquer um poderia ter entrado sem que ele visse – ela concluiu, meneando a cabeça e condenando a prática.

Nícolas concordou com a parceira.

– E você? – ele perguntou. – O que encontrou nesses arquivos?

– Muitas provas contra esse tal Rodolfo. Vizinhos ouviram uma discussão entre a vítima e um homem dentro do apartamento dela, mais ou menos perto do horário em que, segundo o legista, ela foi morta. Durante o depoimento, o investigador perguntou se as testemunhas tinham certeza de que era a voz dela, já que duas mulheres moravam lá. Um deles alegou não ter a menor dúvida e acrescentou que ainda ouviu quando ela mandou o rapaz embora em alto e bom tom. Veja! – Ela folheou os autos até encontrar a página que continha o depoimento e mostrou ao parceiro.

– Qual o apartamento dela mesmo?

– 204.

– É, esse César mora ao lado, no 205 – Nícolas comentou após ler o que Lili lhe mostrara. – Ele afirmou ter ouvido claramente a voz dela alterada, pedindo que a pessoa com quem discutia saísse de sua vida. Poderia estar se referindo a Rodolfo. A testemunha alegou, também, não ter ouvido sinais de luta nem nada parecido. O horário da morte, de acordo com o laudo, foi 16h30. Onde esse César trabalha para estar nesse horário em casa?

– Trabalha na farmácia de um hospital, em regime de plantão. Era o dia da folga dele.

– Já verificaram essa informação?

– Sim, os investigadores averiguaram.

– Então há uma grande possibilidade de ele estar falando a verdade. Mais uma prova contra nosso "bom" Rodolfo! – ele ironizou, sorrindo com o canto da boca.

– Não vamos nos precipitar, Nico.

– Não estou afirmando que ele seja o culpado, mas você está vendo, Lili, ele está atolado até o pescoço com tantas evidências contra si.

– É verdade. – Ela não teve como negar. E, após alguns minutos de reflexão, perguntou: – Precisamos ter uma conversinha com ele. O que você acha?

Ele estava de acordo e combinaram de ir no dia seguinte, pois era tarde, quase final do expediente, péssimo horário para visitar um preso na cadeia.

Nisso, alguém bateu à porta antes de entrar. Era o estagiário, trazendo duas caixas de evidências em um carrinho pequeno de transporte de carga.

– Com licença, Dona Lili, o Dr. Raul pediu para eu entregar esse material aqui pra senhora.

– Ok, muito obrigada. Pode deixar ali do outro lado da mesa, por favor – ela solicitou.

Após colocar as caixas no local indicado, o rapaz deixou-os. Em cada uma havia uma etiqueta que trazia o número de processo e o nome "Verônica Dantas" bem grande; em letras menores, estava escrito "recolhido do apartamento". Tratava-se de itens encontrados na cena do crime que poderiam ajudar na elucidação do caso. Desde livros até objetos comuns, como o porta-retratos, tudo se tornava importante na hora de buscar pistas, mesmo que não parecesse relevante.

Assim que o estagiário se foi, os dois investigadores se olharam.

– E então? Vamos ver o que temos aqui? – Nico convidou-a, pegando uma das duas caixas e começando a vasculhá-la.

Lili concordou e levantou-se também para ajudá-lo.

Dentre os pertences, havia fotos, cadernos com anotações, correspondências, papéis soltos e outros itens que poderiam vir a se tornar úteis. Pelo que os dois perceberam, esse material não havia sido analisado profundamente, porque os antigos investigadores acreditavam possuir provas suficientes para fechar o caso contra Rodolfo.

Lili pegou a segunda caixa e começou a examinar. Logo de cara, um item chamou-lhe bastante a atenção. Ela arregalou os olhos e levantou-o, mostrando ao parceiro e comentando:

— Sem sombra de dúvidas, o crime não pode ser considerado roubo, ou o culpado não tinha noções de moda. Veja essa bolsa, ela custa mais de mil dólares! — Nícolas olhou e não pôde deixar de soltar um assovio estupefato. — Quem é essa garota, afinal?

— Você não leu? — Nico admirou-se com a surpresa da parceira, pois ela sempre era a primeira a saber de tudo sobre a vítima. Ele explicou-lhe: — Ela é filha de um magnata da indústria alimentícia. Essa família é uma das pioneiras do cultivo de soja daqui da região. Por que você acha que a mídia está tão interessada? E a pressão que tem vindo "lá de cima"!? Com certeza o Secretário de Segurança deve ter chamado o Dr. Raul e cobrado satisfações.

— Eu sempre achei que a soja fosse cultivada em regiões mais frias, como o Sul do Brasil — ela comentou.

— Também é, mas o cultivo foi adaptado para que se pudesse plantar em terras mais quentes, como a nossa.

— Como você sabe tudo isso?

— Google... — Ele sorriu, pegando seu celular e balançando-o na mão. Abriu o navegador e começou a ler na tela uma das últimas pesquisas que havia feito: — Veja: "As estimativas para a safra deste ano variam entre 101 e 104 milhões de toneladas". E tem mais: "O Brasil é o segundo maior produtor mundial", "Os principais estados brasileiros produtores são: Mato Grosso, Paraná, Rio Grande do Sul, Goiás e Mato Grosso do Sul"...

Ela arqueou as sobrancelhas, impressionada com a suposta "cultura popular" do parceiro, e riu, comentando o fato. Acrescentou, zoando:

– Tá legal, sabichão! Peço apenas que, se um dia eu aparecer em algum lugar com uma bolsa dessas, por favor, me interne, porque, com certeza, eu não estaria em minhas plenas faculdades mentais.

Ele riu, afinal ela parecia mais descontraída, o que era bom. Encontraram, ainda, outros livros e uma caderneta de anotações. Ela folheou rapidamente e ia sentar-se para analisar melhor, mas outro objeto precisou de sua atenção com mais urgência, por isso ela chamou o parceiro e jogou-lhe a caderneta, pedindo que ele desse uma espiada para ver se encontrava algo. Antes de iniciar a tarefa, ele percebeu a felicidade dela diante do achado inesperado: o telefone celular da vítima!

– Por que em lugar nenhum do processo há referência ao celular da Verônica? – Lili não pôde deixar de se perguntar e o fez em voz alta.

Nico concordou com ela, realmente era estranho.

A investigadora ligou o aparelho, porém a senha da tela inicial não lhe permitiu passar dali. Talvez por isso tenha sido descartado como prova. Daria trabalho enviar aos técnicos para desbloquearem.

– Muita papelada a ser preenchida, talvez... – Ela comentou, embora Nico já estivesse entretido com a caderneta de anotações.

Lili teve, então, uma ideia genial. Desligou outra vez o aparelho e retirou o cartão de memória. Deixou a sala por alguns segundos e retornou com o seu notebook e um leitor de cartão USB, pois seu computador não possuía leitor interno. A investigadora não estava a fim de esperar pelos técnicos para poder analisar tudo naquele aparelho e, por isso, conectou o leitor de cartão na entrada USB para começar a análise.

Sua busca por evidências na memória externa do telefone foi minuciosa, a fim de descobrir algo mais sobre a vida de Verônica, possíveis desafetos e relacionamentos. O cartão não gravava tudo, mas pelo menos o básico poderia ajudar, como fotos, vídeos e mensagens de áudio. De qualquer forma, pediria o desbloqueio do aparelho, mas os trâmites iriam atrasar um pouco a investigação.

Assim foi-se o resto da tarde e, quando os dois se deram conta, a noite já havia chegado. Nícolas preparou-se para ir embora e convidou a parceira.

– Pode ir, Nico. Vou ficar mais um pouco.

Ele se despediu antes de deixá-la e pediu, ainda, que não ficasse ali até muito tarde. Lili nada falou, apenas sorriu de leve e o acompanhou com o olhar.

Ela continuou com seu trabalho investigativo e não demorou muito para perceber a movimentação do outro lado da porta da sala de reuniões. Eram os colegas se despedindo para irem embora. Já havia passado das 18h. No entanto, não estava disposta a pegar aquele trânsito terrível. Pelo menos isso servia de desculpa para ficar um pouco mais no serviço. Além do que, não gostava de iniciar uma coisa e deixar sem concluir. Queria terminar de revirar aquele cartão SD, descobrir tudo o que podia. Ela havia ido direto à pasta de fotos, em busca de algo que ajudasse a solucionar o mistério. Havia muitas *selfies* da vítima sozinha e acompanhada, além de fotos com os amigos em diversos momentos. Em algumas das imagens Rodolfo também aparecia, sempre ao lado da suposta namorada.

Lili olhou várias vezes cada uma das fotos encontradas, analisando com atenção detalhe por detalhe, por menor que fosse e, para isso, ampliava as imagens. Quando a vista cansou, se levantou e se espreguiçou.

Sentia o corpo cansado também. Deixou a sala para esticar um pouco as pernas e foi até a copa tomar um café. Encontrou alguns colegas do turno da noite que estranharam vê-la por ali. Apenas conversou brevemente, sem entrar em detalhes sobre o que fazia, e logo retornou para seu notebook e o cartão de memória.

Desta vez foi dar uma espiada na pasta com o nome "WhatsApp". Além de mensagens e vídeos virais, encontrou outras fotos que haviam sido trocadas com amigos pelo aplicativo. Muitas com amigos e até com Rodolfo em diferentes momentos. As fotos retratavam bem o estilo de vida que Verônica levava, muitas festas e baladas, sempre acompanhada. Como o porteiro afirmara, uma garota bastante popular.

Na pasta de vídeos e áudios, encontrou algumas coisas também, porém nada que pudesse colaborar com a investigação.

Sentiu o corpo cansado. O relógio no pulso indicava que já passava das 22 horas. Tão tarde… Nem percebera o tempo passar. Bocejou. Era hora de ir pra casa, enfrentar o vazio de seu apartamento e procurar, pelo menos, dormir um pouco.

6

Lili deixou a água do chuveiro cair sobre sua cabeça e escorrer pelo corpo livremente. Queria que a água ajudasse a relaxar, para, quem sabe, poder dormir algumas horinhas que fosse. Sua cabeça estava a mil, com tantos pensamentos e possibilidades. Quase meia hora no banho quente e, mesmo assim, não seria fácil pegar no sono ou descansar.

Quando Lili deixou o banheiro, vestida apenas com o roupão e uma toalha na cabeça, voltou a atenção ao notebook, que agora estava sobre a mesa de centro, na sala de estar. Sentou-se sobre o sofá e levantou a tela do computador. Assim que o aparelho retornou da hibernação, a fotografia de Verônica, com algumas amigas em uma festa, voltou a surgir. A imagem estava ampliada, pois Lili analisava os detalhes, e foi exatamente nessa posição que a investigadora percebeu uma atitude um tanto quanto suspeita. Aumentou ainda mais a imagem, para ver se havia visto bem, e abriu novamente outras fotografias para tentar reanalisá-las.

Um dos amigos da vítima, que aparecia em muitas das fotos, com frequência era flagrado olhando para Verônica de maneira estranha. Lili, então, resolveu repassar outra vez os vídeos, para ver se encontrava o mesmo rapaz. Lá estava ele, sempre com um olhar de cobiça e desejo direcionado para a vítima. Seria possível que tivesse se deparado com um triângulo amoroso? Quem seria ele?

Bocejou e olhou para o relógio no canto inferior da tela. Quase uma da manhã. O corpo cansado pediu repouso, embora sua cabeça tivesse certeza de que não seria possível. Aqueles sonhos sempre a visitavam à noite.

Resolveu deitar um pouco, com sorte tiraria um cochilo. Pela manhã falaria com Nícolas. Com o cansaço, o sono não tardou a vir. Foram breves momentos de descanso, sem a visita de Cissa.

7

Quando Nícolas entrou na sala de reunião da delegacia, Lili já estava lá, trabalhando diante do notebook.

— Bom dia! Você emendou a noite? – perguntou, brincando.

— Bom dia, Nico, cheguei há quase uma hora – ela respondeu e explicou: – Descobri uma coisa. Veja se você percebe algo de estranho nessa foto.

Ela virou o notebook para ele e mostrou-lhe uma das fotografias. Nico olhou atentamente, mas não percebeu nada. Lili, então, ampliou a imagem e apontou para o sujeito.

— Você não acha que ele está agindo de modo suspeito?

— Não sei, não. Ele pode estar olhando alguma coisa – Nico respondeu.

— Então olhe as outras imagens e veja como ele se comporta. – Mediante o pedido, o parceiro começou a analisar as fotografias da tela, uma por vez.

— Talvez você tenha razão, Lili. Você descobriu quem é?

– Ainda não.

– Podemos dar uma passada na universidade, ver se alguém o identifica. Aproveitamos e conversamos com professores e funcionários do curso que a vítima fazia.

– Claro. Vou imprimir algumas dessas fotos pra gente levar. Que horas são?

– Oito.

– Vamos ao presídio? – Ela levantou-se para se preparar para sair, mas lembrou de outro detalhe e disse: – Enviei o celular para a polícia especializada, pra ver se conseguem desbloqueá-lo. Quem sabe encontramos mais alguma coisa. Talvez tenhamos acesso às conversas com os amigos por mensagens.

– Nossa, Lili! Você já enviou o celular? A que horas você fez isso?

– Consegui encontrar o pessoal assim que eles chegaram – ela respondeu com naturalidade.

Nícolas apenas sorriu, sabia que a parceira não era de perder tempo.

– Vamos, pelo menos, tomar um café antes? – Ele a convidou. Sabia que nem isso ela havia feito ainda.

Lili olhou para ele séria, mas concordou. Precisava de um pouco de cafeína naquele horário.

8

Os dois investigadores estavam em uma sala simples, cujos únicos móveis eram uma mesa velha de escrivaninha e três cadeiras. Estavam próximos à janela, que tinha uma grade reforçada pelo lado de fora, e conversavam. Logo um agente prisional entrou com Rodolfo algemado e colocou-o sentado na cadeira do lado oposto ao que Lili e Nícolas se encontravam. Ele estava com a barba por fazer e o cabelo começava a ficar grande. Aparentava estar muito mais magro, a julgar pelas fotos dele que haviam visto anteriormente.

Lili e Nícolas se identificaram e não perceberam muito entusiasmo por parte do rapaz, que apenas levantou os olhos para o teto e quis saber o que os dois queriam. Acrescentou:

– A polícia já não ferrou com a minha vida o suficiente?

Lili sentou-se em uma cadeira do lado oposto ao do sujeito:

– Só queremos saber a sua versão, Rodolfo. Estamos revendo o caso. Por que você não nos ajuda e conta o que sabe?

– Já disse tudo o que eu tinha pra falar. Está lá, é só ler o meu depoimento – ele continuou na defensiva.

Nico sentou-se ao lado da parceira e abriu o arquivo do caso diante de si, exatamente no depoimento que Rodolfo havia dado anteriormente. Lili prosseguiu:

– Vocês estavam namorando, Rodolfo? – Ela quis saber, apesar de perceber a falta de interesse dele em colaborar. Insistiu: – Há quanto tempo vocês saíam?

O silêncio tomou conta da sala por algum tempo. A investigadora, então, resolveu passar-lhe algumas informações que possuía:

– Encontramos algumas fotos de vocês no celular dela. Algumas de alguns meses atrás. Acho que temos fotos até do último Natal, isso foi há uns seis meses.

Desta vez ela obteve a atenção dele, que explicou:

– A gente estava saindo há uns oito meses.

– E você poderia nos falar sobre esse relacionamento de vocês? Como você o classificaria? Estável? Idas e vindas? – Agora foi Nico quem indagou.

Rodolfo falou que, no início, o relacionamento era mais intenso, mas que aos poucos vinha esfriando. Ele achava que era por causa da universidade, afinal, provas e trabalhos tomavam muito o tempo de que ela dispunha.

– Foi por isso que vocês terminaram? – Lili quis saber.

– Nós não terminamos, só tínhamos dado um tempo. Ela estava com muita coisa. Depois que foi passar o último feriado na casa dos pais, ela voltou um pouco estranha.

– E vocês brigaram por causa disso? – Nico questionou.

– Não. Nós não brigamos. Ela disse que os pais eram difíceis e que jamais aceitariam nosso namoro. Disse que precisava pensar sobre isso. Tinha muita coisa pra pensar e o semestre estava chegando ao fim. Pediu apenas um tempo.

Conversaram mais um pouco, ele falou de detalhes sobre o relacionamento. De algumas discussões que haviam tido por besteira, mas que jamais havia sequer imaginado fazer alguma coisa contra ela. Ele a amava e repetiu isso diversas vezes enquanto falava, procurando deixar isso bastante claro para os investigadores.

– E você sabe de alguém que tivesse interesse em fazer mal a Verônica? – Lili perguntou.

– Não. Todo mundo gostava dela. Ela era gentil e educada. Tratava todo mundo bem. Não sei quem poderia ter feito mal pra ela. – Ao dizer isso, as imagens de Verônica voltaram-lhe à memória e sentiu o desespero voltar. Os olhos se encheram de lágrimas, embora se esforçasse em contê-las. Retomou: – Não fui eu, eu juro! Eu jamais machucaria ela.

Logo Rodolfo já estava chorando, para espanto dos dois investigadores, que se olharam boquiabertos. Decidiram encerrar a conversa por enquanto. Chamaram o agente prisional para levá-lo de volta à cela. Antes de ele ser levado, no entanto, Lili lembrou-se de uma última pergunta.

Pegou a fotografia que havia imprimido e mostrou a ele. Quis saber se Rodolfo conhecia aquele rapaz que aparecia na imagem.

– Já vi esse cara por aí – o rapaz respondeu, secando as lágrimas com a mão para enxergar melhor. – Mas não sei quem é. Por quê?

– Nada... Estamos investigando tudo, apenas isso – ela respondeu.

Rodolfo foi levado e Lili e Nico se olharam. Estavam pensando o mesmo. Porém, foi ele quem falou primeiro:

– Talvez ele esteja falando a verdade, Lili. Não temos como saber o que se passava na cabeça dela. Pode ser que a Verônica tenha tido uma recaída e quisesse realmente se reaproximar. Talvez não tenha tido tempo para comentar com ninguém.

– Pois é... – ela disse apenas.

9

Logo depois do almoço, Nico e Lili foram à universidade. O prédio em que funcionava o curso de Arquitetura era provavelmente o mais antigo do *campus*. Construído com traços da pós-modernidade latente à época, era estreito e comprido, composto por dois andares e um subsolo, repleto de salas de aula. Abrigava diversos cursos de diferentes áreas do conhecimento. A Faculdade de Arquitetura ficava próxima ao vão central da ala sul do edifício, espaço em que funcionavam quiosques de lanches, livrarias e fotocopiadoras, além de ser um ambiente de encontro e interação para os alunos. Ali perto também ficava a rampa de acesso ao piso superior, onde havia mais salas de aula, departamentos e setores administrativos.

De acordo com as informações da secretaria do curso, as aulas da turma de Verônica eram no térreo, e os dois investigadores foram dar uma volta por lá para tentar abordar alguns colegas e amigos. Traziam as fotos impressas nas mãos, o que ajudaria na identificação de quem poderia ter conhecido a vítima. Além disso, conversavam com colegas, indicados pelos outros.

Precisaram conversar com um pouco mais de meia dúzia de alunos até conseguirem a resposta que buscavam com uma das estudantes, que reconheceu o possível apaixonado misterioso que aparecia nas fotos:

– Esse é o Lucas. Ele era amigo da Verônica sim. Eles fizeram algumas disciplinas juntos. Parece que ele estuda Matemática.

– Sabe onde podemos encontrá-lo? – Lili perguntou.

– Eu não tenho o contato dele, mas sei quem pode ter.

A menina, que parecia não ter mais que 19 anos, pegou o celular e enviou uma mensagem para alguém, que não demorou a responder com o número de telefone do rapaz.

Os investigadores agradeceram e saíram, sem, no entanto, deixar o *campus*, pois resolveram ir à Faculdade de Matemática a fim de obterem mais informações sobre o tal Lucas.

Sem muita dificuldade, com a ajuda de um estagiário que estava sozinho na secretaria do curso no momento, conseguiram o endereço do rapaz e seu nome completo. Assim, puderam encerrar seus trabalhos por ali bastante satisfeitos e já visualizando uma possível resolução do caso.

Quando perceberam, começava a anoitecer.

10

Lili estava sentada no sofá de casa, com as pernas cruzadas em posição de lótus. As fotos do caso e alguns depoimentos estavam espalhados pela mesa de centro e pelo tapete do chão. Tinha certeza de que estava perto de concluir esse caso e pegar o verdadeiro assassino, mesmo não tendo, aparentemente, caminhado muito em direção a esse desfecho. Olhava a foto de Rodolfo, de Verônica e de Lucas e apenas analisava a situação. Um triângulo amoroso que aparentemente se tornou mortal para uma das partes.

 Lili começava a arquitetar um plano para pegar Lucas. Ele parecia suspeito nas imagens que capturara a partir das filmagens e nas fotos obtidas no celular. Será que a discussão que o vizinho ouvira havia ocorrido entre ele e a vítima? Talvez. Não possuía nada que o incriminasse, a não ser aquela atitude suspeita que ele demonstrava em todas as imagens, e apenas dirigir o olhar a alguém dessa forma não o tornava culpado. Lili, no entanto, sentia que havia algo mais na história deles. Em nenhum momento Verônica dava atenção ao rapaz, muito pelo contrário, ela sempre aparecia distante dele e até mesmo indiferente àquela atitude. Será que Rodolfo sabia sobre os sentimentos de Lucas e teria mentido para eles? Seria ciumento?

A investigadora ficou horas ali, apenas olhando, mas sua cabeça não estava de todo presente. Tinha que admitir, nem que fosse nesse momento de solidão, sozinha consigo mesma, que esse caso a deixava perturbada, embora não quisesse que o delegado ou seu parceiro percebessem. Aquilo tudo lembrava, sim, da morte de sua irmã, mesmo sendo tão poucas as semelhanças entre o caso e o assassinato de Cissa. Embora desejasse manter essas lembranças bem distantes, não estava conseguindo.

O trabalho sempre ajudava nessas horas de recaída. Pegou um dos depoimentos para reler pela enésima vez, depois outro e mais outro, a fim de manter a mente ocupada. Nem percebeu os ponteiros do relógio voarem. Acabou adormecendo ali mesmo no sofá.

11

A noite estava mais escura do que o normal. Um véu de trevas cobria a face da Terra naquele momento. Um silêncio terrível lhe penetrava nos ouvidos. Passos desesperados corriam com rumo certo. Sem parar de correr, a garota pegou o celular e consultou novamente o mapa que estava na tela. Parecia perto do local que buscava. Estava cada vez mais adentrando o bosque, em meio a árvores, que mais pareciam sombras gigantescas a desejando engolir. Não desistiu. Correu e correu, até alcançar o ponto exato marcado no mapa da tela do celular. Parou, então. Nada havia. Olhou ao redor, angustiada por não ter encontrado o que buscava.

– Cissa! – gritou uma… duas… três vezes, olhando ao redor por entre aqueles monstros gigantescos com copas frondosas que ocultavam o céu.

De repente, viu-se dentro de um quarto. Olhou assustada ao seu redor. Quem buscava estava ali, sobre a cama, caída, imóvel.

– Cissa... Acorda! – a garota gritou, sacudindo o corpo sobre a cama, sem obter respostas. Quando a soltou, percebeu suas mãos ensopadas de sangue.

Lili acordou num sobressalto, assustada. Custou a identificar onde exatamente estava e o que fazia ali, até perceber que havia dormido no sofá da sala. Respirou fundo e sentou-se. A luz ainda estava acesa e ela olhou o relógio do celular, que estava sobre a mesa lateral: quase duas da manhã. Esfregou o rosto diversas vezes, tentando limpar os pensamentos, e resolveu se levantar.

Achava que estaria livre desses pesadelos para sempre.

Foi à cozinha, abriu a geladeira e pegou a jarra de água. Ia beber, mas desistiu. Um vinho talvez a ajudasse a dormir melhor. Pegou a garrafa, uma taça vazia e retornou à sala. No entanto, não se sentou outra vez no sofá, preferiu ir até a janela. A cidade toda parecia dormir lá fora e Lili não pôde deixar de sentir uma pontinha de inveja de todos os que conseguiam tal façanha. Encheu a taça e bebericou o líquido aos poucos, enquanto tentava fazer seu coração retornar ao ritmo normal.

Definitivamente, precisava conseguir a confissão de Lucas e acabar de vez com esses pesadelos. Pensava em como faria isso, mas a tarefa de arquitetar o plano a fez adiar a ida à cama. Somente por volta das três da manhã resolveu se deitar para dormir um pouco. Custou a pegar no sono.

12

Assim que Lili desligou o carro no estacionamento da Delegacia, percebeu Nico a alguns metros, perto de algumas árvores, fazendo o alongamento pós-treino. Vestia um short bastante curto, que deixavam à mostra suas coxas bem definidas, e uma camiseta regata cavada, que revelava um par de bíceps trabalhado. Estivera correndo, como costumava fazer algumas manhãs, antes de começar o expediente. Ele sempre parecia tão inabalável. Às vezes admirava essa sua capacidade de se manter tão distante de todas essas monstruosidades que presenciavam a cada dia.

Ela desceu do carro, foi vista por ele, acenou e foi retribuída. Ele esperou que ela se aproximasse.

– Pelo visto você acordou bem-disposto hoje! – Ela brincou, tentando esboçar um sorriso de normalidade.

– Na verdade, essa corridinha matinal é que me deixa com disposição! Você deveria tentar qualquer dia desses – ele respondeu, sorrindo.

– Quem sabe um dia... – ela disse. Seus exercícios matinais estavam mais no nível mental, na procura por soluções para seus casos. Não lhe restava tempo para outras coisas.

Ele sorriu e entrou. Foi ao vestiário preparar-se para começar o expediente. Sabia que ainda era cedo, sua parceira sempre chegava antes do horário.

A primeira providência que os dois tomaram naquela manhã foi coordenar as ações necessárias para que pudessem levar Lucas para depor. Aproveitaram a premência que o delegado tinha em resolver esse crime para agilizar toda a parte burocrática. Mesmo assim, conseguiram que ele se apresentasse para esclarecimentos apenas dois dias depois. De qualquer forma, esse tempo tão curto havia sido um recorde, provavelmente por causa da pressão criada pela mídia.

Focalizaram, então, outros aspectos do caso, buscando mais informações, inclusive sobre o tal Lucas. Buscaram o nome no banco de dados da polícia, nada constava; multas de trânsito, nenhuma; sequer havia boletim de ocorrência registrado. Pelo menos ele possuía uma ficha limpa.

Na parte da tarde, foram examinar as caixas de evidências. Muita coisa ainda nem havia sido catalogada e isso demandaria tempo, e a tarde foi passando.

Ao término do expediente, Nico desligou seu computador, deixando para terminar a análise das provas que estava realizando para o dia seguinte.

– Você vai ficar mais um pouco, Lili? – ele quis saber, embora soubesse a resposta.

– Sim. Vou ficar só mais uma meia hora, até o trânsito diminuir um pouco.

Ouvindo isso, ele levantou-se, pegou suas coisas e partiu.

Lili olhou ao redor, aos poucos o ambiente ia se esvaziando. Pensou em se cansar o máximo possível, numa tentativa de tornar sua noite mais tranquila, porém, sabia que não seria tão fácil. Encontrou apenas uma solução: o tio Luica. Ele sempre a salvava nessas horas. Pegou o celular e enviou-lhe uma mensagem: "Você vai estar em casa hoje, tio? Eu queria dar uma passada por aí". Após enviar, ficou ainda olhando a tela, na esperança de que o tio não demorasse a ler. Deve ter ficado ali, parada, pelo menos uns cinco minutos sem obter resposta e resolveu retornar aos seus afazeres no computador.

A cada cinco minutos olhava a tela do celular para ver se ele já havia lido. Levou quase vinte minutos até obter uma resposta: "Desculpa. Estava dirigindo". "Vou ficar em casa sim, passa lá, bjs". A conversa foi finalizada com um coraçãozinho, fazendo-a sorrir. Seu tio, Luiz Fernando, era mesmo um amor. Desde que acabara se distanciando de seus pais, quando resolveu alugar um apartamento e seguir seu próprio caminho, ele se tornara um segundo pai. E como desempenhava bem esse papel!

Ela desligou o computador e pegou sua bolsa. Um bom papo com seu tio a ajudaria a espairecer um pouco.

Ao chegar ao edifício, nem precisou se identificar. O porteiro logo lhe abriu a porta para que subisse. Estava quase todas as semanas ali, isso quando não acabava ficando o final de semana inteiro.

O tio a recebeu com um caloroso abraço, sempre sorridente.

– Que tal uma pizza? – ele logo perguntou.

– Eu adoraria!

Ele providenciou o pedido por telefone, após consultar sua preferência, depois a convidou para irem até a sacada, onde estava mais fresco. Ao passar pela sala de jantar, ela percebeu os esboços sobre a mesa e deteve-se:

– Ei, tio, no que você está trabalhando?

– Numa nova revistinha.

– Me conta!

Ele começou a mostrar-lhe os esboços da nova revista em quadrinhos que desenhava e contou-lhe a história, que falava de um super-herói infantil. Ao término, completou:

– Qualquer dia desses vou fazer uma história em quadrinhos sobre você, a implacável investigadora que causa medo até nos mais impiedosos bandidos!

Ela riu, achando graça.

– Não ando me sentindo nem um pouco heroína ultimamente, tio... – respondeu, baixando o olhar triste.

– Ei! O que houve? Senta aqui! – Ele a puxou pelo braço até o sofá da sala e sentou-se ao lado, ainda lhe segurando a mão. – Conte-me tudo.

– É um caso em que estou trabalhando... É sobre aquele homicídio da estudante universitária, aquele que a mãe do suspeito foi à imprensa. Você deve ter visto nos noticiários.

— Sim, eu vi, mas o assassino não está preso?

Ela contou-lhe resumidamente tudo. Ao término, completou:

— Eu sei que não deveria ter pego o caso, mas eu não queria que meu chefe soubesse que a história do assassinato da Cissa ainda mexe comigo. Eu não imaginava o quanto me abala até hoje a morte dela. Tive outro daqueles pesadelos ontem à noite. Eu achava que um dia iria me livrar deles.

— Acho que você está sob muita pressão, querendo resolver logo isso pra não acabar se envolvendo demais. Você ficou muito abalada depois que a gente perdeu a Cissa. Você passou por muita coisa, mas eu sei que você vai conseguir superar isso. O tempo cura tudo… Você só precisa deixar que ele faça a parte dele.

— Não é nada fácil, tio.

— Você tem que colocar em sua cabecinha que aquele psicopata que levou a nossa Cissa nunca mais irá perturbar você! — o tio falou, frisando bem as palavras.

Ele percebeu que as lágrimas começavam a brotar nos olhos da sobrinha e puxou-a para abraçá-la. Lili aceitou o consolo.

— Quer saber — ele retomou, após um tempo abraçando-a —, acho que você deveria vir passar uns dias aqui em casa. Pelo menos até terminar esse caso.

Ela concordou.

13

Realmente a noite com o tio Luica fizera Lili sentir-se melhor. Revigorada, na manhã seguinte, tão logo chegara à delegacia, a investigadora sugeriu ao parceiro que retornassem à universidade para conversar com aquelas que, segundo os documentos da investigação, eram as melhores amigas de Verônica.

— Ele era louco por ela sim — uma delas contou, referindo-se a Lucas. — Ele me pediu uma vez pra falar com ela, pra saber o que ela pensava dele.

— E você falou com ela? — Lili quis saber.

— Claro que não. A Veeh estava em outra. Ela gostava do Dolfinho.

— De quem?! — Nico não compreendeu.

— O Rodolfo... Ela chamava ele assim: Dolfinho. Uma vez até deu de presente pra ele um golfinho fofo de pelúcia que ela trouxe de Miami. Disse que era ele... Sabe... *dolfin*..."Dolfinho"... — a menina tentou explicar, diante da expressão que Nico fizera, se referia à palavra em inglês e sua semelhança com o apelido de Rodolfo.

Nico olhou para a parceira, surpreso, e ela compreendeu. A garota ainda falava do casal de namorados e de algum episódio que ocorrera. Era a primeira vez que alguém falava do relacionamento entre a vítima e o suspeito preso, e isso era surpreendente.

— Eles haviam terminado, não? — Lili indagou.

— Ela me disse que haviam dado um tempo. Mas a Veeh não entrou em detalhes. Ela gostava muito dele.

— Você sabe se eles reataram depois desse "tempo" que deram ao namoro? — foi Nico quem perguntou.

— Eu não sei. Eles continuavam se vendo de vez em quando.

A jovem não sabia mais que isso, mas o que dissera foi de grande ajuda. Uma outra com quem conversaram ainda acrescentou:

— Bem... um dia o Lucas me pediu pra passar um bilhetinho pra Veeh.

— E você entregou o bilhete? — Nico perguntou.

— Sim. Ela e o Dolf tinham dado um tempo... Pensei que não faria mal.

— Você chegou a ler o bilhete? — Lili ficou curiosa.

— Não, mas eu sabia do que se tratava, afinal, ele estava apaixonado por ela.

— E a Verônica nunca deu uma chance pro Lucas? — Lili prosseguiu.

— Ela não gostava dele dessa forma. Eram só amigos...

A cada nova informação que as amigas traziam, Lili reorganizava sua linha de pensamento, a fim de reconstruir um caso mais sólido. Essas duas estudantes foram as que mais ajudaram, as outras não acrescentaram muito ao que a polícia já sabia.

Lili e Nico ficaram no *campus* por toda a manhã. Pouco depois do meio-dia saíram para almoçar. Iriam ao restaurante que os colegas da Delegacia costumavam frequentar. Foi ideia do Nico, assim poderiam falar com os outros policiais e até bater um papo descontraído. Durante o percurso de carro, ela não pôde deixar de comentar:

– Rejeição, Nico. Isso seria um bom motivo para matar alguém.

E ela não estava de todo errada, afinal a mente humana é uma incógnita praticamente indecifrável.

– Quem sabe... Mas o que temos contra ele ainda é muito vago – o parceiro observou. – Pra conseguirmos acusá-lo, só se arrancássemos uma confissão dele.

Lili sorriu de leve. Pretendia obtê-la, com certeza. Seu parceiro percebeu a expressão na face dela e suspeitou de suas intenções, porém não perguntou qual era sua ideia, sabia que ela não lhe contaria ainda. Ela sempre fazia isso e às vezes também o pegava de surpresa em suas armadilhas. Ele estava acostumado e, na hora, acabava entrando no jogo dela.

À tarde, retornaram para a delegacia. Havia papeladas a serem preparadas para a inquirição de Lucas, marcada para o dia seguinte.

As investigações até aquele momento haviam mostrado que o "admirador não tão secreto" de Verônica morava com os pais, uma professora e um técnico bancário. Não vinha de uma família rica, mas também não passava necessidades. Seu tempo era dedicado totalmente aos estudos e sequer bolsista era. Bom aluno, sempre tirara notas altas e nunca tivera problemas com a polícia. Um ótimo rapaz, de classe média, branco... seria o rival perfeito de Rodolfo?

Umas folhas arrancadas de algum caderno estavam sobre a mesa solicitando sua atenção e Lili as pegou. Eram as frequências de aula que o professor da turma de Lucas enviara para a polícia, depois que havia sido solicitado. Era referente ao dia da morte da garota. Na primeira linha do papel, a data fora anotada à caneta e, abaixo, vinham os nomes dos alunos que estavam presentes, assinados por eles mesmos. Muitos professores faziam daquela forma, por isso ela não estranhou. No entanto, para sua infelicidade, o nome de Lucas estava na lista, marcando sua presença na tarde em que Verônica fora assassinada, e não poderia ter sido colocado depois, porque estava no meio, ocupando a linha com o número 11, dentre 22 presentes. Dificilmente ele conseguiria forjar isso, dessa forma, a não ser que tivesse a ajuda do professor, quem detinha a relação, e dos outros 21 colegas. Difícil.

O professor havia mandado as listas de chamada do mês inteiro, não era muito, apenas quatro folhas, pois sua aula acontecia uma vez por semana. Lili então resolveu comparar a lista de cada aula, para ver se os mesmos nomes estavam nelas, quando um detalhe se destacou e quase a fez gritar de alegria para o parceiro:

– Pegamos ele!

14

Na sexta-feira cedinho, Lucas compareceu à delegacia, de acordo com o que mandava a intimação.

Lili estava mais tranquila e confiante de que esse caso iria ter o desfecho esperado ainda naquele dia. Dissera isso ao tio durante o café da manhã e ele mostrou-se feliz, pois teria a "sua" Lili de volta – assim ele se expressara, fazendo-a sorrir. O cansaço dos últimos dias, os pesadelos, as noites maldormidas. Tudo iria ter fim.

Na sala de interrogatórios, sozinhos com o novo suspeito, Lili e Nícolas iniciaram com as perguntas de praxe sobre Verônica e a amizade entre eles. Estavam sentados diante dele e seguiam de maneira *light*, sem pressão. O rapaz parecia tranquilo e percebia-se que sempre buscava respostas que incriminavam ainda mais Rodolfo.

Em determinado momento, Lili perguntou onde ele se encontrava no momento em que Verônica havia sido assassinada, mencionando a data e o horário exatos.

– Eu estava em aula, na universidade – ele respondeu tranquilamente.

– Ah sim! Nós verificamos com seu professor – Nícolas disse, pegando uma folha na pasta de documentos que trazia na mão. – Você estava na aula de Cálculo, não é mesmo?

– Sim – o rapaz confirmou.

O investigador estendeu para ele a folha de papel que tirara da pasta, explicando:

– Estamos com a folha de presença. Esta é a sua assinatura? – Mostrou-lhe, apontando com o dedo o local exato na folha, onde constava a relação.

O jovem olhou rapidamente e apenas assentiu com a cabeça.

– O problema, Lucas, é que essa folha de presença é da aula de Cálculo da semana anterior. Veja a data – Lili explicou e prosseguiu, dirigindo-se ao parceiro: – Nícolas, mostra pra ele a folha de presença do dia em que Verônica morreu. – Ele o fez e a parceira continuou. – Agora, Lucas, veja esta assinatura. Essa letra com que seu nome está escrito não é sua, não é verdade?

O rapaz não respondeu e Lili viu, no silêncio, um bom sinal. Estavam seguindo pelo caminho certo. Após alguns segundos, retomou:

– Além disso, estivemos analisando as câmeras de segurança do prédio da Faculdade de Matemática, onde estava ocorrendo essa aula, e não vimos nenhuma imagem sua, nesse dia e nesse horário, o que nos leva a crer que você não estava lá. Estou certa?

Lili fez uma breve pausa para que ele pudesse absorver melhor aquelas informações. Analisava seu comportamento. Trazia uma expressão de quem havia sido flagrado fazendo algo que não devia. Após deliciar-se por mais alguns instantes com a situação em que Lucas se encontrava e sabendo que estava quase alcançando seu objetivo, Lili resolveu utilizar seu artifício:

— E eu vou te contar um segredinho, Lucas: a câmera de segurança de uma loja localizada em frente ao prédio em que Verônica morava filmou você entrando pela portaria perto do horário em que ela foi assassinada.

Ouvindo isso, Nícolas olhou para ela interrogativo. Ele sabia que não havia nenhuma imagem, pois as câmeras estavam quebradas. Esse era o plano dela? Parecia um blefe perfeito. Resolveu entrar no jogo:

— Já sabemos de seus sentimentos por ela. Você estava apaixonado, mas ela não queria saber de você, não é mesmo?

O jovem continuou calado. Talvez anestesiado com tudo aquilo que ouvira. Não imaginava que tivesse se convertido em suspeito. Lili retomou:

— Estamos com o celular da Verônica. Os técnicos estão desbloqueando e logo iremos ver as mensagens que ela trocava com os amigos.

— Vai ser muito interessante ler o que ela e Rodolfo falavam, não é mesmo, Lili? – Nico continuou a jogada.

A parceira sorriu e concordou. Levantou-se, então, e prosseguiu, contornando a mesa:

— Tenho certeza de que veremos que ela e Rodolfo estavam mesmo reatando e que era você quem estava sobrando nessa história, Lucas. Então, por que você não confessa logo que estava com ciúmes por causa do Rodolfo e a matou porque ela preferiu ele a você?

— Não! Isso não é verdade! — ele protestou, como se despertasse do transe.

— Claro que é! Rodolfo sempre se mostrou mais homem do que você jamais foi, e ela havia percebido, por isso nunca havia te dado atenção. Nunca quis saber de você. Afinal, quem você pensou que fosse? Um estudante de Matemática! Que futuro ela teria com você? Um futuro professor de escola pública que mal ganha para colocar comida na mesa? — Lili continuou provocando-o.

— Não! — ele protestou outra vez. — Você não sabe o que está dizendo! Ele forçou a Verônica! Você não entende? Ela nunca quis nada com ele!

Lili não lhe deu ouvidos, parou diante da mesa, apoiou as mãos sobre o tampo e, encarando o rapaz, prosseguiu, em tom mais grave:

— Os vizinhos ouviram a discussão, Lucas! Quando você chegou lá, naquele dia, vocês brigaram e ela lhe disse pra sair da vida dela, que queria ficar com Rodolfo, que ele era o amor de sua vida! — ela jogou verde outra vez.

— Não! — ele quase gritou. — Ela não sabia o que estava falando. Eu tentei abrir os olhos dela! Tentei mostrar pra ela que estava enganada, que eu era o homem perfeito pra ela. A Verônica tava cega, tudo por causa desse sujeitinho!

— E você a matou por isso – Lili não parou. – Na verdade, você sabia que ela reataria com o Rodolfo e foi lá com o propósito de matá-la. Isso é um crime premeditado, homicídio doloso. Pode te dar uns 15 anos de prisão, no mínimo!

— Não, eu juro! Não foi nada disso! Vocês não estão entendendo! – O rapaz começava a se desesperar e calou-se de repente. Ainda estava sentado na cadeira, apoiou os cotovelos sobre a mesa e escondeu o rosto entre as mãos. Parecia estar chorando.

Lili e Nícolas olharam-se, tentando compreender. Não esperavam por esse comportamento. Ela resolveu sentar-se de novo e mudou o tom de voz, tornando a falar serenamente:

— Lucas, por que você não nos conta o que realmente aconteceu? Você esteve lá naquele dia. O que houve?

— Vocês não vão acreditar em mim! – ele desabafou, sem tirar as mãos do rosto. Começava a soluçar.

— Podemos acreditar. Então, por que você não tenta nos contar? – Nícolas resolveu ajudar a convencê-lo.

O soluço cessou aos poucos e Lucas tirou as mãos do rosto.

— Eu juro que não fiz nada pra ela! – disse. – Mas eu sabia que vocês não acreditariam em mim, por isso menti.

— Conte-nos o que aconteceu, Lucas – Nícolas pediu outra vez.

O rapaz respirou fundo e iniciou:

— Eu estive no apartamento dela naquele dia sim. Quando eu estava estacionando o carro, vi o Rodolfo saindo de lá. Ele não me viu. Eu esperei ele ir embora e subi pra falar com ela. Não entendi por que ela ainda recebia esse cara. Foi aí que ela me disse que gostava dele e que queria voltar pra ele. Nós discutimos. Eu queria convencê-la de que estava errada, de que ele não era o cara certo pra ela, só isso. Ela brigou comigo e me expulsou de lá. Juro que foi só isso. Quando eu tava saindo do apartamento, o porteiro tava tirando o lixo. Ele me viu saindo de lá... Viu a Verônica também, quando ela bateu a porta com raiva depois que saí. Daí eu fui embora. Só isso. Mas, quando eu descobri que ela estava morta, eu sabia que ninguém acreditaria em mim, porque tinha sido o último a ver ela viva. Fiquei com muito medo, por isso falei com o porteiro e paguei pra ele não falar pra polícia que me viu no prédio naquele dia. E foi isso. Ele acabou aceitando o dinheiro. Sabia que eu não tinha matado a Verônica, porque viu a garota na porta depois que eu fui embora.

Lili e Nícolas entreolharam-se. Não era a confissão que esperavam, porém era uma direção que poderia levar ao verdadeiro assassino.

— Você sabe que sua mentira prejudicou a investigação, não sabe? – Lili perguntou.

— Eu sei! Mas o que vocês queriam que eu fizesse? Se eu tivesse contado a verdade, eu estaria agora no lugar do Rodolfo. Minha mãe iria preferir morrer a me ver atrás das grades! Seria uma decepção muito grande pra ela! Eu juro que não toquei na Verônica! Deve ter sido o Rodolfo mesmo! Ele deve ter voltado lá...

– Você mentiu pra polícia, Lucas! E ainda coagiu o porteiro a mentir também! Você foi muito irresponsável! Acha mesmo que sua mãe se sentirá melhor com o que você fez? – Lili o atacou furiosa. Estava revoltada com a atitude dele.

Nícolas pousou a mão no braço dela, pedindo que se acalmasse, e interveio:

– Lucas, você vai responder por perjúrio e obstrução da justiça, então eu sugiro que você pare de mentir e comece a colaborar mais com a polícia.

– Tá legal... – foi tudo o que ele disse, já cansado da situação.

Ao deixar a sala de interrogatórios, Lili estava bastante indignada com o rapaz e chegou a xingá-lo para o parceiro, que estava ao lado dela, acrescentando, ainda:

– Ele realmente acha que mentira e dinheiro podem resolver todos os seus problemas?!

Nícolas percebeu que, no fundo, a parceira estava chateada por não terem conseguido fechar o caso. Estavam outra vez sem nada concreto.

– Vamos ver o que o porteiro falou no depoimento e vamos chamá-lo outra vez e forçá-lo a falar a verdade – ele sugeriu.

Ela concordou, quase se jogando na cadeira diante de sua mesa, frustrada pelo curso da investigação.

– A gente nadou tanto pra morrer na praia! – ela comentou.

Nícolas pegou a pasta do processo das mãos dela e sentou-se na cadeira da mesa ao lado. Leu o depoimento do porteiro e a inteirou:

— Há apenas meia página de inquirição. Ele praticamente falou que não havia visto nada de diferente ou de estranho naquele dia. Só isso.

— Ele recebeu dinheiro para mentir. Vamos indiciá-lo por perjúrio também e por obstrução da justiça. — Ela arrumou-se na cadeira e olhou para o parceiro: — Você que o conheceu, me diga, como ele é? Qual a idade?

— Parece ter a minha idade, uns 30 anos... jovem. Por que a pergunta?

Ela demorou um pouco para responder. Pensava.

— E se ele concordou em mentir por também estar envolvido?

— Como assim?

— E se ele também esteve no apartamento da garota? Sei lá... talvez gostasse dela.

Nico parou para pensar:

— Realmente ele teve um comportamento um pouco estranho quando falou da morte dela naquele dia em que conversei com ele. Parecia bastante consternado com a perda.

— Vamos descobrir mais sobre esse sujeito e vamos colocá-lo naquela sala de interrogatórios.

15

Assim que Lili entrou no apartamento do tio, ele veio ao seu encontro, sorrindo e mostrando o desenho que havia feito dela, como uma super-heroína, capturando um vilão.

Ela olhou-o e sorriu com os olhos mais tristes do mundo:

– Tio, você é um amor! Mas não era ele o culpado. Voltamos à estaca zero...

– Ah é?! O que houve?

– Acabamos descobrindo novos desdobramentos. Vamos continuar investigando.

– Hum... isso é bom, assim vou poder dar um acabamento melhor a essa gravura antes de você pegar o bandido. – Ele recolocou a folha sobre a prancheta de desenho que ficava perto da porta da sacada e prosseguiu: – E aí? Ânimo! Hoje é sexta-feira. Então, por que você não toma um superbanho pra relaxar? Eu pedi comida chinesa pra gente comer e depois vamos ver um superfilme. O que você acha?

Ela gostou da ideia. Assim, poderia tentar se desligar um pouco do trabalho.

Durante todo o final de semana, o tio fez de tudo para não a deixar pensar em homicídios e investigações. No sábado, foram ao shopping fazer compras, almoçaram juntos e curtiram um cinema depois. No domingo, o filho do tio Luica se juntou a eles e os três se divertiram preparando uma bela refeição e batendo papo enquanto bebiam um excelente vinho. O rapaz estava em fase final da faculdade de engenharia e aproveitou para falar do estágio que conseguira em uma grande empresa de construção.

Assim o final de semana passou rápido demais e, quando Lili deu por si, a segunda-feira amanhecia, já com os primeiros sinais de claridade invadindo o ambiente através da cortina semiaberta e despertando-a. Estava no quarto de hóspedes do apartamento de seu tio. Segunda-feira. Sinônimo de trabalho... outra vez Verônica, Rodolfo, Lucas...

Ao menos havia conseguido ter duas noites de sono agradáveis. Pegou o celular para verificar a hora. Quase seis da manhã. Cedo demais. Deitou outra vez a cabeça sobre o travesseiro. Não pôde deixar de pensar que, talvez, também tivesse ocorrido algum equívoco na investigação que resultou na prisão do suposto assassino da irmã. Lili sempre tivera dúvidas se o suspeito preso era mesmo o culpado pela morte da irmã. Na época, o sujeito foi considerado culpado pela análise do *modus operandi* de outro crime que cometera, no entanto, as semelhanças entre eles não eram tão nítidas e poderiam até ser consideradas divergentes. A outra garota havia sofrido abusos físicos. Estava ferida em diferentes regiões do corpo, como se o assassino a tivesse torturado antes, o que não ocorrera a sua Cissa. Para os policiais que investigavam na época, Lili chegara em tempo de interromper o assassino, não lhe deixando concretizar o que teria planejado.

Imagens da irmã voltaram-lhe à mente. Ela sempre foi muito alegre e divertida. Sua companheira em praticamente tudo. Haviam tido algumas diferenças durante a adolescência e quanto aos interesses na vida, nada que não ocorresse em qualquer família. Arrependia-se de tê-la deixado ir sozinha à festa. Quem sabe, se estivessem juntas, Cissa ainda estivesse viva.

Verônica veio à sua cabeça. O que realmente teria acontecido a ela? Lucas estaria mentindo?... De novo?... A polícia sabia que, pela análise do local, não havia nenhum sinal de arrombamento na porta, o que levava a crer que uma das moradoras deixara o assassino entrar, justamente por conhecê-lo. A garota havia sido encontrada no quarto, então o sujeito que cometera o crime passara pela sala para chegar até ali. O que havia ido fazer lá? Será que Verônica teria um amante secreto? Será que o porteiro saberia de algo mais e escondeu? Seria ele o amante secreto? Tantas indagações esperando respostas...

Envolta em seus pensamentos, quando deu por si, eram sete da manhã. Ouviu barulho no apartamento. Seu tio estava acordado. Resolveu se levantar também.

16

Quando ela chegou em sua mesa, Nico já se encontrava na delegacia. Pôde ouvir sua voz na copa. Ele estava tomando café com os colegas e conversando com alguém, bastante animado, sobre algum jogo de futebol que ocorrera no fim de semana.

Assim que se sentou, outra investigadora que trabalhava numa mesa perto da sua aproximou-se e cumprimentou-a. Lili retribuiu o cumprimento, séria. A colega, a fim de iniciar um papo, perguntou sobre o fim de semana dela, mas não teve a recepção esperada e afastou-se outra vez.

Lili tinha tantas outras preocupações em mente. Precisava reorganizar o pensamento... tentava juntar peças do quebra-cabeça, buscando algo que não tivesse sido percebido antes. Percebeu que o parceiro voltava da copa com um copo descartável de café na mão. Ele sorriu e deu-lhe um bom-dia, entregando-lhe o copo que trouxera.

– Preto, sem açúcar – ele explicou, referindo-se ao café.
Ela sorriu.

– Muito obrigada! Você sabe mesmo como gosto do meu café.

– E sei também que você não iria até a copa para buscá-lo só pra não perder tempo, afinal temos trabalho a ser feito. Não é mesmo?

– Com certeza! – ela assentiu. – Principalmente porque estamos de novo sem suspeitos. Vamos precisar trazer esse Uélton à delegacia pra depor o mais breve possível. Você sabe como é toda a burocracia, tanta papelada e trâmites... Só vamos conseguir trazê-lo daqui a, pelo menos, três dias. Isso se tudo correr bem.

– Vamos relatar pro delegado o que conseguimos até aqui. Ele vai ficar contente com o que descobrimos e vai querer agilizar a vinda do porteiro.

Ela concordou e começaram a se organizar para isso.

17

O delegado gostou das novas descobertas. Assim, conseguiram diminuir ao máximo o tempo para que se concretizasse esse depoimento: três dias. Nesse ínterim poderiam investigar melhor o novo suspeito e conhecê-lo um pouco mais. Muitas perguntas necessitavam de respostas e o fato de Uélton ter mentido apenas contribuía para sua posição de investigado, prejudicando-o.

Lili e Nico estavam em suas mesas, analisando o caso. Ele tinha a pasta na mão e revia alguma informação. Após ler os depoimentos dos pais da vítima, levantou a cabeça e virou-se para a parceira:

— Acho que deveríamos conversar com os pais dela. Acho que sabem de mais do que aparentam ou do que disseram.

Nesse instante, o Dr. Raul parou diante da mesa de Lili, que ficava ao lado da de Nico, e jogou um jornal sobre a papelada que já estava por lá.

— Vocês viram o jornal de hoje? — Ele quis saber.

Lili pegou o periódico de cima da mesa para ler pelo menos o *lead*. Falava do caso e dizia que a polícia estava reanalisando. Nícolas também se aproximou para ver do que se tratava.

— Vocês não falaram com a imprensa, não é mesmo?

— Claro que não, Dr. Raul — Nico garantiu. — Como estamos conversando com os envolvidos, alguém deve ter falado com a imprensa e eles deduziram.

— Bom. Agora cedo o Secretário de Segurança me telefonou para saber como estava indo a investigação. Disse a ele que logo teríamos um resultado — o delegado explicou.

Lili e Nico balançaram a cabeça, concordando.

— Acho que precisamos fazer uma visita aos pais de Verônica — Lili comentou.

— Façam isso.

— Mas fica em outra cidade — Nico observou.

— Façam o que for necessário. — Mais uma vez o Dr. Raul concordou, antes de deixá-los sozinhos novamente.

Lili voltou sua atenção outra vez ao jornal, para ler o resto da matéria.

O delegado cruzou toda a sala, passando pelas mesas dos outros investigadores, todos concentrados em seu trabalho, até chegar ao corredor que daria acesso a seu escritório.

— E então, quando iremos? — Nico quis saber.

— A cidade fica a cerca de três horas daqui. Podemos sair amanhã cedo. O que você acha?

Ele estava de acordo. Lili entregou o jornal para o parceiro, caso ele quisesse continuar a leitura da notícia. Nico pegou-o e ela voltou sua atenção para os envelopes lacrados sobre sua mesa. Olhou para o destinatário que constava: Verônica Dantas. O endereço também era o da vítima. As três correspondências foram encontradas dentro da caixa de evidências. Aparentemente, tratava-se de faturas de cartões de crédito. Ela os abriu e começou a analisar.

Nas faturas, à primeira vista, não foi possível perceber nada de irregular. As compras estavam dentro de valores considerados normais para uma jovem com a vida que ela levava, considerando sua procedência. Eram despesas com mercado, restaurantes, livrarias, cafeterias, shopping centers, bares... Uma compra, no entanto, a fez se levantar abruptamente. Ela pegou uma das caixas de evidências que estava no chão, entre sua mesa e a de seu parceiro. Nico percebeu e apenas a olhou. Lili solicitou que o parceiro a ajudasse com a outra caixa e a seguisse até a sala de reuniões.

— O que foi que você encontrou? — ele quis saber, mas não obteve resposta e apenas fez o que ela pedira.

As duas caixas foram colocadas sobre a mesa e Lili começou a retirar os itens de dentro.

— O que é que você está procurando? — ele tornou a perguntar.

— Você acha que os outros pertences de Verônica foram entregues a seus pais? Porque aqui só está o que encontraram exposto e que poderia ajudar nas investigações.

— Em princípio, sim. Por quê?

— Vamos ver se conseguimos dar uma olhada nas coisas dela amanhã, quando formos à casa dos pais.

— Por quê? Você não vai compartilhar o que encontrou?

— É só uma suspeita. Pode não ser nada. Veja essas faturas. — Ela entregou-as a ele. — O que você percebe de diferença entre as duas?

Ele começou a analisar, no entanto, Lili não esperou muito e começou a explicar:

— Veja os gastos com farmácia. Ela fez três compras no último mês antes de ser assassinada. A fatura do mês anterior não tem nada. Será que estava doente? Você encontrou medicamentos nestas caixas?

— Sim, alguns. Um eu lembro que era vitamina, ou algo parecido. Deixe-me ver se encontro. — E ele começou a procurar, até que levantou o frasco na mão e balançou como um troféu: — Aqui!

Realmente era um tipo de suplemento vitamínico. Lili o pegou, leu o rótulo e pediu para ele ver se encontrava mais alguma coisa na caixa de evidências. Ele o fez, não sem indagar curioso:

— Do que é que você está suspeitando?

— Intuição. Não sei se é isso mesmo... Posso estar errada.

Ela voltou a remexer na outra caixa em busca de mais algum medicamento e novamente foi Nico quem os encontrou: um envelope com comprimidos e outro frasco, com tabletes de outro remédio. Ele entregou-os à parceira.

Ela olhou-os e aquilo pareceu remetê-la a outro plano. Já havia visto aquela combinação antes, e isso a intrigava. Olhou séria para Nícolas, explicando melhor:

— Acho que ela estava grávida.

— O quê?! Como você sabe? No laudo não consta nada disso?

— Essa combinação de remédios: suplemento vitamínico, ácido fólico e Dramin. O primeiro é vitamina, que toda grávida necessita no início da gravidez, o segundo é obrigatório para as gestantes e o Dramin alivia os enjoos matinais...

— Não faz sentido... O médico legista não colocou nada sobre isso em seu relatório. O que mais você encontrou que te levou a pensar isso?

Ela apontou, na fatura do cartão de crédito, outro item da lista de estabelecimentos comerciais em que a vítima estivera antes de morrer: uma loja de roupas para bebês.

— Muita coincidência essa combinação de remédios e ela ter realizado compras nessa loja – ela deduziu. – E eu não acredito em coincidências.

— Por que não consta nada no laudo? Quem mais saberia? Rodolfo não nos disse nada, nem Lucas. Quem seria o pai?

— Pois é, Nico, muitas perguntas. No entanto, a mais relevante eu acho que seria: ela teria morrido por causa disso? O que você acha de tentarmos conversar com o médico-legista?

– Não acho uma boa ideia. O que iríamos perguntar? Se ele mentiu no laudo? Ou se ele fez o serviço malfeito?

– Sei lá... ele poderia ter cometido algum equívoco.

– Creio que seria melhor tentarmos conseguir a informação com outra pessoa.

Lili concordou com o parceiro. De qualquer forma, iriam à casa dos pais da vítima e tentariam ver os pertences dela.

18

Lili e Nico saíram bem cedo de casa, rumo à cidade em que os pais de Verônica residiam, de modo que, logo no início do expediente da delegacia local, poderiam obter o apoio necessário para a diligência que executariam. Um policial foi-lhes colocado à disposição para acompanhá-los até o endereço que constava do inquérito.

A casa se localizava em um dos bairros mais caros da região, em um condomínio de luxo fechado. A portaria mais parecia um pórtico de entrada de uma cidade, com uma enorme marquise que se sobressaía da moderna cobertura em aço e concreto. Cancelas retinham o visitante, que precisaria se identificar, mesmo sendo eletronicamente. Câmeras registravam todo e qualquer movimento.

Assim que ultrapassaram a cancela e deixaram para trás o pórtico, diante da admiração dos dois investigadores, o policial que os acompanhava comentou:

– Vocês sabiam que o Joceymar deu uma grande festa em uma dessas mansões?

– O Joceymar? Da seleção brasileira?! – Nico pareceu bastante interessado.

– É... ele mesmo. Isso foi quando a seleção veio jogar aqui na Copa do Mundo.

Nico estava boquiaberto com o que via e ouvia. Lili não demonstrou reação alguma. O tema não lhe interessava o mínimo que fosse. Tudo o que via era um monte de dinheiro jogado fora, com tanto luxo e glamour... e para quê? Para que um dia uma de suas filhas aparecesse jogada numa mata qualquer, brutalmente assassinada? Lili não acreditou no pensamento que lhe vinha naquele momento. Precisava retomar o foco: Verônica. Voltou a ouvir o que o policial da região contava a Nico:

– Uma casa dessas, dependendo do residencial onde estiver localizada, pode custar mais de cinco milhões de reais, isso dá cerca de um milhão e meio de dólares hoje em dia.

Nícolas assoviou, arregalando os olhos, admirado.

– O que você sabe sobre a família Dantas? – Lili aproveitou para perguntar, enquanto o veículo prosseguia até o endereço dos pais da garota, dentro do condomínio.

O policial explicou tudo o que Nico havia comentado sobre o pai da vítima, como se tivesse decorado a página da internet. "Um grande empresário do ramo alimentício". "Família pioneira no cultivo de soja da região havia conseguido com que o grão ganhasse o exterior, com grandes exportações anuais".

— E é por isso que a mídia está tão interessada? – Lili perguntou sarcástica e obteve uma risada cúmplice de Nico.

— Acho que a polêmica gerada em torno do tema foi mais interessante para ela do que a notoriedade da família em si – o parceiro respondeu.

Pararam diante de uma casa moderna de dois andares, com a fachada em linhas retas e amplas, ornamentadas por palmeiras imperiais. Uma pequena escadaria em pedras levava à entrada, cuja porta, do tipo pivotante, confeccionada em aço negro, possuía quase três metros de altura, o que deixava o pé direito duplo ainda maior, garantindo imponência à fachada, como se precisasse. Diante de toda aquela magnificência, qualquer ser humano se sentiria extremamente minúsculo. E sequer haviam adentrado a mansão.

Uma secretária veio recebê-los e os acompanhou à sala de estar. Enquanto aguardavam o casal, Lili e Nico iam observando tudo. Não havia porta-retratos naquele ambiente, apenas um jogo de sofás em camurça, cor de gelo, que combinava com o tapete cor creme no centro, sob a pequena mesa de madeira, com tampo de vidro. Um conjunto de estatuetas em tamanhos diferentes e formas indecifráveis ornava a mesa. Na parede, um único quadro com tema abstrato, em cores vibrantes, destoando de toda a decoração sóbria. Talvez o quadro na parede sobre a cama de Verônica tenha tido o toque da mãe dela, ou seria o contrário? Lili pensou consigo mesma.

Ela virou-se para analisar melhor o ambiente. De um dos lados, subindo alguns degraus, ficava a sala de jantar, de cujo teto pendia um luxuoso lustre de cristal, uma formação de gotas transparentes de todos os tamanhos, unidas entre si, em camadas crescentes.

Do outro lado, uma parede com enormes portas de vidro, de correr, deixava à vista o belo jardim, com um pergolado de vidro sobre uma estrutura de madeira, que abrigava uma outra sala, mais descontraída, com sofás e poltronas em fibra sintética e almofadas confortáveis, também em cores claras, dando suavidade ao ambiente e contrastando com o verde de todo o jardim.

Não demorou muito para que o casal descesse as escadas e viesse ao encontro deles. Os pais da vítima pareciam ter um pouco mais de 45 anos e demonstravam bastante cansaço. Os motivos para isso eram muitos, desde a morte de sua filha até a incansável perseguição da imprensa e toda a repercussão que o caso vinha alcançado.

Após se identificarem, Lili explicou a que vieram.

– Pensei que tudo estava terminado. Aquele sujeitinho não está na cadeia? – o pai quis saber, com cara de poucos amigos.

– Estamos aprofundando a investigação. Algumas pendências e averiguações – Nícolas justificou.

Lili e Nico fizeram algumas perguntas de praxe, muitas das quais já constavam dos testemunhos deles, a fim de terem certeza quanto a alguns fatos. Quando a conversa chegou no tema "Rodolfo", a mãe logo começou a ficar inquieta. Ambos negaram veementemente qualquer possível relacionamento entre os dois, mesmo com tudo o que vinha sendo noticiado nos jornais.

– Tudo montagem, tudo armação. – O pai foi categórico.

– Nós encontramos algumas fotos dos dois juntos no celular dela – Lili comentou, querendo analisar a reação deles.

– Eles eram amigos, oras... – a mãe foi rápida. – Ela era uma boa menina... também tinha amigos de cor. Não temos nenhum problema com esse tipo de gente, como a imprensa tem falado... temos muitos empregados dessa classe.

Lili não gostou do comentário racista, mas procurou se manter calma e não os confrontar, pois precisava da colaboração deles. No entanto, insistiu em fazê-los ver a verdade sobre o relacionamento entre Verônica e Rodolfo:

– Eles pareciam mais que amigos nas fotos que encontramos.

O pai levantou-se irritado:

– Afinal, de que lado você está? – indagou.

– Do lado da lei, obviamente. Da verdade. Queremos descobrir o que realmente ocorreu a sua filha – Lili respondeu tranquilamente.

– Está mais do que claro. Esse sujeito matou a nossa filha porque ela não queria nada com ele. Ela jamais se envolveria com um tipo daqueles.

Lili teve vontade de perguntar a que "tipo" o pai se referia, se faziam alusão ao fato de Rodolfo ser negro e pobre, como a imprensa tanto falara. Porém, conteve-se, não era momento para confrontá-los. Ainda precisaria da colaboração deles e, a partir do momento em que pegasse pesado, eles deixariam de ser tão colaborativos.

– Compreendo... – a investigadora falou apenas, antes de mudar de assunto: – Os pertences de sua filha foram devolvidos aos senhores, não é mesmo?

– Sim – a mãe respondeu, já com lágrimas nos olhos pelas lembranças.

– Será que poderíamos dar uma olhada? – Lili quis saber.

Eles consentiram e acompanharam a dupla até um dos quartos no andar superior, explicando que ele pertencia à filha e que sequer mexeram nele. O outro policial ficou na sala, aguardando.

O pai parou diante da porta do quarto, abriu-a e deu passagem aos investigadores. Apontando para as caixas no canto do quarto, disse:

– Está tudo aí... Exatamente como recebemos. Ainda não tivemos cabeça para ver o que fazer com tudo isso.

Lili e Nico entraram. Era um quarto grande e espaçoso. As paredes rosa-bebê, com detalhes em papel de parede com listras suaves. Num dos lados, adesivos dançavam suavemente pela parede, formando um balé de notas musicais. A mãe percebeu o olhar de Lili na parede e explicou, engolindo um soluço:

— A minha Verônica adorava música... E adorava dançar...

Lili balançou a cabeça em sinal de compreensão.

Em outra parede, um painel espelhado se abria para dar acesso ao closet. A cama, no centro do cômodo, comportaria uma família inteira. Pela janela, que quase ocupava a parede toda, em extensão e altura, viam-se, por trás da cortina semitransparente de organza branca, o jardim e a piscina. A cortina estava parcialmente coberta por um xale em tom rosa mais escuro que o das paredes, que passava por cima do varão cromado do suporte, no alto, e se entrecruzava antes de cair nas laterais, dando um toque delicado ao ambiente.

— Vamos deixá-los à vontade aqui, vou pedir pra Valmira, nossa secretária, vir lhes dar o apoio que for necessário — o pai falou, antes de deixar o quarto, na companhia da esposa.

Lili e Nico acharam uma boa ideia e começaram a trabalhar. Colocaram as caixas sobre a cama e iam retirando item por item e analisando. Havia fotos, material escolar, joias e bugigangas diversas. As roupas estavam todas em duas malas, que também foram abertas, mas Lili procurou deixá-las novamente como estavam. Uma das caixas possuía livros e cadernos. Nícolas a pegou e foi olhando, deixou separado os cadernos para olhar com mais atenção e deu uma passada rápida nas páginas dos livros. Foi dentro de um deles que ele encontrou a receita médica dos remédios que haviam encontrado nas caixas de evidências. Ele mostrou à parceira.

— Agora sabemos o nome da médica com quem ela se consultou. Será que ela nos diria alguma coisa? – Lili comentou.

— Eu duvido – Nico respondeu, explicando em seguida: – Sigilo médico-paciente... a não ser que consigamos um mandado... o que iria demorar muito.

— Deixe-me ver quem é a médica – ela pediu a receita e ele lhe entregou.

Lili olhou a especialidade: ginecologista. Olhou também o nome da clínica em que a garota havia se consultado. No alto da receita havia o timbre. A investigadora pegou seu telefone celular e fez uma ligação. Não demorou para ser atendida.

— Bom dia – respondeu para a recepcionista da clínica que atendera. – Eu gostaria de marcar uma consulta com a Dra. Eulália Denisson. Uma amiga que me indicou. Acabei de descobrir que estou grávida, sabe... é meu primeiro filho e estou muito nervosa!... – Lili fez uma pausa breve e proposital. – A Dra. Eulália faz pré-natal?

— Sim. Ela é obstetra também – a atendente respondeu. – Pra quando a senhora gostaria de marcar?

Lili fez outra pausa e disse que tinha outra ligação urgente entrando. Pediu desculpas e disse que retornaria a ligação mais tarde. Desligou.

— Resolvido – disse a Nico. – Acho que agora não tenho mais dúvidas.

Ele não questionou, mas não pôde esconder a admiração que nutria pela parceira e sua rapidez de raciocínio.

Lili deu-se por satisfeita com a visita, porém continuaram revirando as caixas em busca de algo mais, talvez algum exame de gravidez, que seria uma prova mais contundente.

Apesar de terem procurado entre os livros e folheado cadernos, aquela receita foi tudo o que conseguiram.

Já era tarde, quando terminaram de vasculhar os pertences da vítima. Antes de deixar a casa, no entanto, Lili não se conteve e precisou perguntar aos pais da garota:

— Ela estava grávida? — perguntou, olhando séria para a mãe, tentando captar alguma reação, e conseguiu.

A mãe baixou rápido o rosto, tentou ajeitar a roupa e, em seguida, olhou para o marido. Ambos trocaram olhares cúmplices, mas foi o pai quem respondeu, embora com uma outra indagação:

— Do que você está falando? Minha filha jamais ficaria grávida daquele... — Ele estava irritado e deixou a frase no ar.

— Eu não disse de quem ela estaria — Lili retomou, suspeitando de que eles soubessem mais do que aparentavam.

— Saiam imediatamente da minha casa! — O pai ficou furioso e praticamente os expulsou dali.

Eles saíram pela mesma porta que entraram e desceram até onde o carro ficara estacionado em frente à mansão. No entanto, antes de entrar, Nico olhou para ver se eram observados pelos funcionários da casa, já que os pais sequer os acompanharam até a saída.

– O que foi aquilo, Lili? – quis saber, voltando-se para a parceira.

Ela olhou para ele e foi sincera:

– Eu precisava perguntar, Nico. Você viu a reação deles? Tenho certeza de que eles sabiam.

Não comentaram mais sobre o assunto. Retornaram à delegacia da cidade para deixar o policial que os acompanhava antes de pegar a rodovia de volta à capital.

Nico, vendo-se sozinho outra vez com Lili, não pôde deixar passar:

– Precisamos conversar, Lili. O que está havendo? Você cismou que a vítima estava grávida. Por que isso é tão importante? Nós precisávamos ganhar a confiança dos pais dela, pra que eles colaborassem mais. Agora perdemos isso.

– Me desculpa... Eu tenho certeza de que eles estão escondendo algo. Você viu a reação deles.

– Sim, mas por que é tão importante o fato de que ela estaria grávida? Não estou entendendo o seu raciocínio... Do que você suspeita?

– Não estou suspeitando, só acho que essa questão pode nos ajudar a elucidar o caso.

– Como?

– Eu ainda não sei...

– Você acha que ela pode ter morrido por estar grávida? Isso não faz sentido... Quem a teria matado por esse motivo?... Rodolfo parecia amar Verônica. Teriam sido os pais que não queriam esse relacionamento ou possivelmente não aceitariam a gravidez? Não creio que tenham esse perfil. Talvez Lucas, que estava apaixonado e não se conformava em ser excluído da vida da vítima? Ou havia mais alguém nessa trama que ainda não encontramos?

– De qualquer forma, isso é apenas uma suspeita. Vamos embora, já é tarde. Vamos chegar em casa depois das oito da noite, isso se não pegarmos muito tráfego.

19

Lili e Nico chegaram praticamente juntos à delegacia no dia seguinte. Ele ainda estava com a sensação de que a parceira não estava sendo totalmente honesta. Havia algo mais no que se passara no dia anterior, na casa da família Dantas. No entanto, ele não quis retomar a discussão tão cedo. Sentou-se calado diante do computador e o ligou para iniciar o trabalho.

Lili, como sempre, chegava a mil. Antes mesmo de sentar-se, ligou o computador e já foi mexendo nos papéis sobre a mesa, lendo e reorganizando o que havia planejado fazer naquele dia.

Ouviram, então, a voz do delegado chamando-os, do final do corredor. O tom grave predizia más notícias. O que se passara desta vez? Ambos se olharam, ela se perguntando se ele comentara algo sobre o dia anterior com o delegado. Adivinhando a dúvida que ela trazia estampada na face, ele meneou a cabeça, negando.

— Vamos lá ver o que ele quer — ele sugeriu, já se dirigindo ao escritório dele.

O delegado já estava sentado atrás de sua mesa e com cara de poucos amigos. Ele era alto e corpulento, e seu tamanho parecia aumentar mais quando ele se projetava sobre os papéis que se amontoavam sobre a escrivaninha.

– Vocês dois. – Ele apontou aos investigadores. – Fechem a porta e sentem-se.

Eles obedeceram, sem entender bem o que ocorrera. O delegado bufou e rosnou umas palavras incompreensíveis, o que fez com que Lili e Nico ficassem ainda mais preocupados.

– É o seguinte – ele iniciou –, quero saber que história é essa de gravidez! – Os investigadores se olharam e o Dr. Raul explicou melhor. – Desde ontem à tarde estou recebendo ligações, primeiro do advogado dos pais da Verônica, depois do Secretário de Segurança. Daqui a pouco vai ser o próprio Governador que vai me ligar! O que está acontecendo? Não havia nada, em lugar nenhum, que justifique o que você disse pros pais da vítima, Lili.

Lili explicou sua teoria, falando dos achados nas faturas e entre os pertences da garota. Omitiu, no entanto, qualquer menção a sua irmã.

– No entanto, o exame necroscópico não mencionou esse assunto. Vocês deveriam esquecer isso – o delegado retomou.

– Mas há fortes indícios de que isso pode ter sido um fator importante – Lili tentou argumentar.

– Esqueçam isso! – o Dr. Raul quase gritou.

— Por quê? Se poderia ser um ponto crucial, não entendo por que esquecer. Por que todos estão tão alvoroçados por causa disso?

— Os pais da vítima estão alegando que vocês estão difamando a memória dela. Eles falaram até em processá-los por causa disso. Disseram que vocês estão manchando o nome da família.

— Estamos apenas investigando os fatos — Lili rebateu.

— Compreenda, Lili. Ela tinha apenas 18 anos, era solteira, sem nenhum namorado, nada. A família está incomodada com isso.

— Ela tinha um namorado, ao que tudo indica. Embora os pais não o tenham aceitado.

— Isso é especulação, Lígia Vasconcelos da Rocha. Você não tem nenhuma prova quanto a isso. — O delegado se enfureceu com a contestação dela e chegou a levantar-se da cadeira, mas logo sentou-se outra vez e, após alguns segundos, retomou mais calmo. — Vamos fazer o seguinte: quero que vocês dois averiguem essa informação, sem comentar com mais ninguém. Não falem sobre essa suposta gravidez nem com os amigos, nem com a imprensa, nem com a família. Não quero mais polêmica em cima desse caso. Fui bastante claro?

Os dois assentiram, apenas balançando a cabeça, e o delegado mandou os dois retornarem ao trabalho.

Ao sentar-se em sua mesa, Lili pegou outra vez a pasta do caso Verônica Dantas. Foi até a folha com a necropsia e a analisou mais uma vez

– Realmente, precisamos falar com o legista – ela comentou com o parceiro, que também se sentou em seu lugar.

– Não sei se é uma boa ideia.

– A gente poderia apenas perguntar se existe a possibilidade, Nico.

– Quem foi o médico responsável pelo exame? – Ele quis saber e prosseguiu, sarcástico: – Não me diga que foi o "Doutor Morte"?!

Nícolas se referia ao Dr. Ivan, que, por estranha coincidência, se parecia muito com o famoso assassino americano Jack Kervokian, que também era médico, defensor do suicídio assistido, e chegou a inventar a "máquina do suicídio". Kervokian foi condenado por homicídio e recebeu essa alcunha de "Doutor Morte". Sua fama lhe rendeu até um filme, interpretado por Al Pacino.

Lili riu do comentário e apenas entregou-lhe a ficha, para ele mesmo conferir. Ele olhou e leu, aliviado:

– Ufa! Foi o Dr. Azevedo quem fez o exame no corpo da Verônica.

– Por que a preocupação, Nico? Você não quer procurar o "Doutor Morte" para questionar o trabalho dele?

– Por quê? Você gostaria, Lili? – ele devolveu o sarcasmo.

– Definitivamente não! Não gostaria. Ele é um sujeito estranho. Não para de ficar me olhando, é muito desagradável! – ela rebateu, lembrando das gracinhas que ele fazia para chamar a atenção dela.

Nícolas riu com mais vontade e comentou:

– Ele não resiste ao seu charme, Lili.

A brincadeira toda ajudou a descontrair o clima depois de tudo o que ocorrera. Nico riu da cara de desgosto que Lili fez. Ela não suportava aquele médico.

– Que tal trabalharmos para trazer o porteiro? Ele mentiu para nós. Talvez ele saiba de mais alguma coisa. Quem sabe possa ter alguma culpa. Precisamos descobrir se ele mentiu somente pelo dinheiro. Enquanto isso, continuamos buscando alguma outra evidência sobre o estado de saúde da Verônica – ela sugeriu e Nico concordou.

Desse modo, o resto do dia foi de investigações sobre Uélton. Quem seria, o que fazia ou deixava de fazer, onde já havia trabalhado, endereços antigos e atual... Precisavam de um levantamento completo sobre a vida dele, afinal, o estigma recebido pelos mordomos de romances policiais de sempre protagonizarem o assassino poderia muito bem ser estendido a outros funcionários residenciais, incluindo porteiros e zeladores.

No dia seguinte, o levantamento de informações prosseguiu.

20

Quando Uélton chegou à delegacia, Lili e Nico já traziam consigo toda a sua ficha, com todos os dados coletados. Sabiam tudo o que podiam sobre esse novo suspeito e deram uma breve repassada antes de encontrá-lo na sala de interrogatórios. Desta vez, Lili preferiu ir direto ao assunto, em vez de começar com rodeios, como fizera com o outro rapaz. Falou, logo no início, que Lucas havia contado sobre o dinheiro e a mentira que inventara para a polícia. Ao término da explicação, ela pressionou:

– Então, gostaríamos de saber por que o senhor mentiu para encobri-lo. O senhor tem ideia do quanto isso prejudicou a investigação?

– Uai! Eu sabia que o rapaz era inocente – Uélton explicou, dando de ombros, como se fosse óbvia essa conclusão. – Só ajudei porque sabia que ele não tinha matado ninguém. Eu vi a Dona Verônica na porta do apartamento naquele dia, depois que ele saiu.

– O senhor sabe que está muito encrencado, não sabe? – Nícolas colaborou com a pressão.

– Eu não fiz nada...

– O senhor mentiu pra polícia.

– Não menti não. Eu tinha dito que não vi nada naquele dia de suspeito. E é verdade.

– Conte-nos o que exatamente aconteceu – Nico solicitou.

O porteiro narrou sua versão dos fatos, sem nada mudar ou acrescentar. Em nada diferiu da narração de Lucas.

– Ele pagou novamente pro senhor contar essa história? – Lili quis saber, provocando.

– Claro que não. Não vejo ele há quase um mês – o sujeito falou.

Lili calou-se por alguns segundos. Analisava-o. Nícolas passou a perguntar sobre as pessoas que frequentavam o apartamento da garota, para ver se mais alguém havia sido visto por lá.

– O que o senhor achava dela? – Lili perguntou de repente.

– Como assim? – Ele não compreendeu.

– O que o senhor achava dela? Ela era legal com o senhor? Simpática?

– Sim. Ela era simpática com todo mundo. Tratava todos muito bem, com educação. Sempre cumprimentava quando passava pela portaria. Me deu até um panetone no Natal! – Ele sorriu, mas logo ficou triste novamente e completou: – Foi uma pena o que houve com ela. Ela não merecia...

– O senhor gostava dela? – Lili jogou a isca, olhando para Nícolas, que compreendeu.

– Sim. Gostava. Ela era muito querida! – Ele percebeu o olhar de malícia na investigadora e se corrigiu: – Mas não da maneira como vocês estão pensando. Eu a respeitava... Ela era simpática e educada! Nem todos os moradores são assim.

– Tecnicamente, Sr. Uélton, o senhor foi a última pessoa que a viu com vida, considerando a hora em que ela foi assassinada e a hora em que o senhor foi visto no corredor retirando o lixo – Nícolas observou.

– Isso não é verdade! – ele se defendeu. Abriu a boca com a intenção de prosseguir, no entanto parou.

– O que o senhor ia nos dizer? – Lili perguntou após alguns segundos, vendo que ele não continuaria a falar.

Ele hesitou um pouco, porém acabou contando:

– Quando eu estava já na escada, começando a descer, reparei que ela foi até o apartamento do vizinho e tocou a campainha.

– Qual dos vizinhos? – ela insistiu.

– O da porta ao lado, o 205.

Os dois investigadores lembraram-se do depoimento dele e se olharam outra vez.

– E o senhor não achou necessário relatar isso pra polícia? – Nícolas questionou.

– Não achei que fosse importante, afinal era normal.

– Por quê? Eles eram amigos? – novamente foi Nícolas quem indagou.

– Não pareciam ser muito amigos, mas muita gente ia ao apartamento dele, sabe...

– Ele vende drogas? – Lili foi direta, talvez até demais.

O porteiro a olhou arregalado, meio que surpreso:

– Acho que não! – respondeu sincero.

– Ele vende o que, então? – ela insistiu.

Ele baixou outra vez a cabeça e torceu as mãos, nervoso.

– Olha, não é bom eu ficar falando da vida dos moradores do prédio onde eu trabalho. Eu fico lá, só cuido da minha vida. Não sei de nada – disse apenas.

– Sr. Uélton, o senhor já vai responder por dois crimes: perjúrio, porque mentiu em depoimento, e obstrução da justiça. Acho que não seria conveniente se enrolar ainda mais com a polícia. Então, responda à pergunta – Nícolas pressionou.

Após alguns segundos pensando, ele acabou cedendo:

– Como eu disse, eu não sei de nada. Mas as pessoas comentam, sabe...

Ele se calou e Lili insistiu mais uma vez:

– Comentam o quê?

– Parece que às vezes ele consegue alguns remédios pras pessoas, lá do hospital onde trabalha. Só isso! Ela parecia muito triste, abatida depois da discussão com o amigo, e pensei que talvez estivesse apenas querendo algum remédio. Não me meto na vida dos moradores.

Os dois investigadores se olharam outra vez. Mais uma ponta solta que poderia levar a algum lugar.

A partir de então, as investigações mudaram de foco, passaram a mirar o novo personagem. Quem seria? O que vendia? Lembravam do nome dele: César.

A primeira coisa que Lili fez ao retornar a sua mesa foi ir direto à ficha do legista. Nada constava sobre exame toxicológico. Ela comentou isso com o parceiro, que já estava em sua mesa ao lado, e acrescentou:

– Definitivamente, acho que precisamos conversar com o médico-legista.

– Eu ainda acho que não é uma boa ideia.

– Nós temos um novo elemento, Nico. Quem sabe ele pode nos esclarecer algumas dúvidas. Seria possível que ela estivesse sob efeito de alguma droga? Que tipo de remédio esse César lhe dera? Não houve exame toxicológico.

– Claro… Não havia dúvidas sobre como ela havia morrido, por isso não fizeram. Estava bastante claro pra eles que foi "asfixia mecânica por esganadura" – ele leu no laudo, apontando com o dedo e mostrando à parceira. Em bom português, isso significava que Verônica havia sido "estrangulada até a morte".

– Sim, é verdade, mas talvez ela tenha ingerido ou usado alguma droga, sei lá. Acho que não faria mal conversarmos com o médico. Quem sabe ele poderia nos explicar melhor por que foi descartada qualquer outra hipótese de morte.

– Ok. Quem sabe damos uma passada por lá hoje à tarde. Acho que hoje é o dia de folga do "Doutor Morte". Se me lembro bem, há algumas semanas estivemos lá nesse mesmo dia da semana e ele não estava. Assim, unimos o útil ao agradável.

Ela concordou totalmente, afinal não queria vê-lo. Ele fazia umas brincadeirinhas desagradáveis, principalmente com ela, sugerindo que tinha um interesse maior em sua pessoa.

Ele olhou para o relógio, pois via que o movimento no corredor começava a aumentar.

– Mas, agora, precisamos almoçar, já é meio-dia – lembrou.

Lili concordou com Nico e os dois acabaram se juntando a outros amigos para saírem em um grupo, rumo ao restaurante de sempre.

Com tudo o que se passara, a investigação começaria, então, a tomar outro rumo, com foco direcionado a esse tal César. Teriam que começar a reunir informação sobre ele. Estaria realmente desviando medicamentos do hospital público em que trabalhava, inclusive medicamentos controlados? Estaria vendendo ilegalmente no mercado negro? A investigação parecia crescer cada vez mais.

21

Quando chegaram ao IML, foram direto procurar o Dr. Azevedo, que era quem havia assinado o exame necroscópico de Verônica. Não queriam dar chance ao azar e esbarrar com o fã de Lili. Precisaram ir até a sala em que o legista trabalhava. Havia um corpo sobre a mesa e ele arrumava seus utensílios para, então, começar a autópsia. Não parou o que fazia quando viu os dois investigadores entrarem e, somente depois de ouvir a que vieram, foi que ele parou e estendeu a mão, pedindo para dar uma olhada no documento que a investigadora trazia. Não lembrava detalhes do caso e precisaria rever. Após breve análise, arqueou as sobrancelhas.

— Ah, sim. Esse caso era do Medeiros, não era? – ele quis saber.

— Sim, ele está de licença e recebemos esse presentinho – Nico respondeu, sorrindo com o canto da boca.

— Tenho mais algumas anotações no meu computador, se vocês puderem vir comigo – o médico disse, deixando a sala.

Os investigadores se olharam e seguiram-no.

Enquanto ele ligava o computador, em outra sala, Lili aproveitou para perguntar:

— Existe a possibilidade de a vítima não ter morrido por causa do estrangulamento? Porque os sinais típicos de asfixia não são muito específicos e podem ser observados em mortes causadas por outros mecanismos, não é verdade? Isso poderia ter ocorrido neste caso?

— Não... Não nesse caso — o legista começou a explicar. O sistema operacional abriu no computador e ele prosseguiu: — Tenho algumas fotos aqui. Vou lhes mostrar. — O médico abriu a pasta do caso em seu desktop e as fotos contidas lá e, selecionando uma a uma, ia explicando-lhes: — As evidências são muito claras. Vejam: a coloração pálida da face condiz com a constrição dos vasos do pescoço; sua língua se projetava entre os dentes, apesar de isso ser quase imperceptível; havia equimoses e hematomas na região do pescoço que condizem com a esganadura; a laringe estava fraturada também.

Quando o médico tirou os olhos do computador, percebeu a expressão na face dos dois. Foi Nico quem pediu, com um sorriso amarelo:

— O senhor poderia explicar agora... em português?

O Dr. Azevedo olhou-os sem esboçar ares de simpatia, resmungou algo incompreensível e concluiu, em "bom" português:

— De jeito nenhum. Existem várias provas que são inconfundíveis neste caso. Só há um laudo possível para essa vítima: "asfixia mecânica por esganadura", como eu coloquei em meu relatório.

Lili e Nícolas assentiram, juntos, com a cabeça. A resposta havia sido convincente.

— Mas não foi encontrada nenhuma digital no corpo da vítima, certo? – Lili retomou.

— Vocês sabem que nem sempre se consegue uma digital boa o suficiente em casos de esganadura, não? Por isso, nessa região, não encontramos nada, eu diria até que o assassino limpou suas "pegadas" no pescoço. No entanto, no corpo havia as digitais que os técnicos forenses puseram em seu relatório. Se não me engano, eram do sujeito que está na cadeia e da colega de apartamento.

— Sim, lembro dessas. A garota que morava com a vítima disse que havia tentado "acordar" a amiga. Mexeu nela diversas vezes – Nícolas lembrou-se.

— A vítima poderia estar drogada? – Lili ainda quis saber.

O médico a olhou e respondeu:

— Não havia nada que sugerisse isso. Se estava, só se fosse de alguma droga muito leve.

— Parece que uma pessoa fornecia algum tipo de medicamento sem receita médica para ela. Pode ser algo assim? – Foi Lili quem prosseguiu com o interrogatório.

— Talvez. Essa juventude inventa cada uma! Pode ser que ele fornecesse anfetaminas... As mulheres hoje em dia, mesmo com toda a magreza do mundo, continuam a se achar gordas e querem ficar tomando remédios para se sentirem melhor. Porém eu acho pouco provável que tenha causado a morte dela, ou que tenha contribuído.

— E se ela estivesse grávida?

Desta vez, a pergunta de Lili deixou o médico calado. Ele olhou para eles, desconfortável, pigarreou e respondeu:

— Drogas e gravidez nunca combinam. Mas o maior mal seria, provavelmente, para o bebê. Ela morreu, sem dúvida alguma, pela esganadura, como consta do relatório que vocês receberam. Por quê?

— O senhor sabia que ela estava grávida, não é mesmo? — Lili percebeu a mudança de comportamento dele.

— O que você está sugerindo? — ele indagou, pouco à vontade com a inquirição.

— Não estou sugerindo nada. Apenas disse que é óbvio que o senhor sabia que ela estava grávida. Então, por que mentiu em seu relatório?

— Eu não menti! — ele respondeu instantaneamente, já quase perdendo a paciência.

— O senhor nada mencionou sobre ela estar grávida. Isso é mentir!

— Não! — ele foi categórico. — Eu apenas omiti. Não iria fazer a menor diferença. Isso não muda o meu laudo quanto à morte dela!

— Mas essa informação poderia ter mudado o rumo das investigações! — Lili manteve-se firme em acusá-lo.

O médico respirou fundo para não perder a calma que ainda lhe restava e tentou explicar para a investigadora:

— Você é jovem, nem filhos tem... ainda. Eu tenho uma filha de 16 anos. Sei o que é para um pai ter de admitir que errou na educação de uma filha, ter que encarar o fato de que ela pode ter sido enganada por um safado e ter ficado grávida. Ela era muito jovem para estar nessa situação. Quando o pai dela veio conversar comigo, concordei em não mencionar o fato. Não tínhamos nenhuma intenção de prejudicar as investigações.

— E o senhor não parou para pensar que estar grávida poderia ser uma escolha dela? Por que um pai teria que se sentir culpado pela filha seguir seu próprio caminho? — Lili estava se alterando e Nico percebeu a tempo de pousar a mão no braço dela e pedir que se acalmasse.

Até aquele momento, ela não havia percebido que estava com o tom de voz elevado e, indignada com tudo o que ouvira e mais incomodada por não poder simplesmente dizer para aquele sujeito tudo o que pensava a respeito do assunto, apenas deu as costas e deixou a sala e o edifício.

Nico a seguiu.

No fundo, Lili percebera que o que estava vindo à tona não era mais Verônica ou os pais prepotentes dela. O que emergia era Cissa outra vez e seus próprios pais. Lembrou que a irmã sequer havia contado a eles sobre a gravidez. Somente ela sabia, e via que a irmã estava tão feliz com a notícia. Parecia encantada com tudo, com a paixão pelo namorado... E eles faziam planos, tinham sonhos juntos, mesmo tendo se conhecido há pouco mais de três meses. "Cabeça de vento"... Era do que a chamara inúmeras vezes. No entanto, tinha que admitir que sua "cabeça de vento" estava feliz, e era o que importava. A vida, em todas as suas formas, sempre fora o espetáculo que Cissa mais admirava. E como gostava de viver intensamente!

Nico a alcançou já no carro.

– Lili, você está bem? – ele quis saber.

Ela colocou as mãos na cintura e tentou respirar fundo para se acalmar um pouco. Virou-se, então, e encarou o parceiro:

– Me desculpa por aquela cena, Nico.

– Você quer me contar o que houve?

Ela olhou para ele. Lágrimas começavam a brotar em seus olhos, mas ela procurava se controlar, para não as deixar cair. Ele percebeu o que se passara. Meneou a cabeça:

– Eu sabia que não devíamos ter pego esse caso, Lili!

– Não importa, deixa pra lá... já estou bem! – ela garantiu, respirando fundo novamente. Olhou para o alto e piscou várias vezes, fazendo as lágrimas se diluírem antes que caíssem.

– Você tem certeza?

– Absoluta. O que você viu lá dentro não irá se repetir.

– Então vamos voltar pra delegacia?

Ela concordou e ele deu a volta e entrou no lado do motorista. Partiram.

22

O trajeto do Instituto Médico Legal até a delegacia se deu em silêncio total, embora a curta distância percorrida tenha contribuído para o clima não ficar tão pesado. Assim que Lili e Nico passaram pela porta de entrada do estabelecimento, foram informados de que uma senhora os esperava. Eles a olharam, sentada junto a outros que aguardavam atendimento. Era uma senhora negra, de formas bastante avantajadas e aparência simples. Ela vestia uma blusa sem mangas, de malha, dessas de feira popular, e uma saia em tecido mais grosso que passava da altura dos joelhos. Nos pés, uma sapatilha baixa, bastante gasta. Eles logo a reconheceram: a mãe do suspeito que estava preso, o Rodolfo.

– Só faltava mais essa pra completar o dia! – Lili reclamou em tom baixo, apenas ouvido pelo parceiro. Não esperou nenhum comentário e entrou, dizendo que iria beber uma água na copa antes de receber a visita.

Enquanto a parceira não voltava à mesa, Nico arrumou brevemente os papéis, de modo a não deixar nada ali que a mãe de Rodolfo não pudesse ver. Lili demorou uns 15 minutos e, assim que chegou ao seu lugar, quis saber o que Nico achava daquela visita inesperada.

– Não faço a menor ideia do que ela quer, mas o pessoal do protocolo comentou que ela estava ali esperando a gente desde o início da tarde.

– Não seria bom chamarmos o Dr. Raul para fazer parte da conversa?

– Creio que não. Vamos ver primeiro o que ela quer. Talvez busque apenas informações sobre o processo. Os jornais já noticiaram que estamos revendo o caso.

Ela achou plausível o argumento e pediu para Nico ir buscá-la.

A mulher sentou-se diante de Lili e Nico puxou a cadeira de trás de sua mesa para também sentar-se próximo.

– Desculpa incomodar os senhores. Sei que devem ter muito trabalho pra fazer. Acho que os senhores sabem quem eu sou.

– Sim, Sra. Raimunda. A senhora é a mãe do Rodolfo. Em que podemos ajudá-la? – Lili procurou ser amável.

– Eu vim porque vi sobre os senhores no jornal. A senhora tem cara de ser uma boa pessoa. Honesta... – Ela apontou para Lili. – Por isso eu vim aqui.

Lili baixou a cabeça, meio sem graça, agradeceu o elogio e insistiu em saber o que ela desejava.

– Eu tava lá em casa arrumando umas coisas e encontrei isso. – Ela tirou um pacote dos correios de dentro da enorme bolsa de tecido cru que trazia no ombro, presa junto ao corpo. E explicou: – Eu trouxe isso pros senhores verem que eu não tô mentindo sobre aquela menina e meu filho.

Ela entregou o pacote a Lili, que o analisou. Tratava-se de uma encomenda, mais ou menos do tamanho de uma caixa de camisa. O remetente era Verônica Dantas, com o endereço dela, que eles conheciam; o destinatário, Rodolfo. A senhora explicou que chegara pouco depois que ele foi preso, mas ela nem se atentou para quem mandara e ficou lá jogado em um canto. Até que se deparou com o pacote naquele dia e decidira levar para Lili. A encomenda nunca havia sido aberta. Permanecia lacrada com a fita adesiva dos correios.

Lili observou, antes de qualquer outra coisa, a data de postagem do pacote, que era do dia em que Verônica Dantas fora assassinada.

– Mas isso não quer dizer nada, minha senhora – Lili tentou explicar.

– Como não? A senhora acha, doutora, que ela ia mandar alguma coisa pra um desconhecido? – a mãe rebateu.

– Não.

– Então... Eu trouxe isso pra senhora abrir e ver que eu falo a verdade.

– E o que é que tem aí dentro? – Nico quis saber.

– Não sei, mas tenho certeza que vai ajudar o meu filho.

– Nós não podemos abrir, minha senhora – Lili respondeu. – Está endereçada ao Rodolfo.

– Eu deixo a senhora abrir... E até faço questão! – a mulher insistiu.

– Não seria bom a senhora falar com seu filho primeiro? – Nico indagou.

– Não! Ele nunca me escuta.

– Quem sabe a senhora conversa com o advogado do Rodolfo e abrimos isso na presença dele – Lili sugeriu.

– Não. Os senhores não entendem. Sei que isso vai ajudar o meu filho. Quero que abram essa caixa pra acabar com essas acusações contra o meu Rodolfo.

– Não podemos. Isso seria violação de correspondência! – Lili ainda argumentou, embora a curiosidade lhe corroesse a alma, ávida por saber os segredos lacrados há mais de três meses.

A senhora, vendo que a investigadora iria continuar se recusando, e percebendo que não conseguiria fazê-la mudar de ideia, tirou o pacote das mãos dela.

– Deixa que eu mesma abro – disse, pegando um abridor de correspondência que havia dentro de um estojo de canetas sobre a mesa para cortar a fita adesiva.

Assim que desobstruiu a tampa da caixa de papelão, abriu o pacote, apenas levantando um pouco para ver do que se tratava. O conteúdo a deixou completamente estupefata.

Curiosa, Lili pegou outra vez a caixa para ver o que havia dentro e o que viu a deixou ainda mais perturbada do que aquela discussão com o legista. Apenas olhou e fechou outra vez a tampa da caixa, como se quisesse impedir que o conteúdo fugisse ao seu controle e escapasse daquele invólucro. Empurrou o pacote para o lado, na direção do parceiro, que também desejava saber o que continha.

Na caixa, bem dobrada, repousava uma roupinha de bebê, com um par de sapatinhos em cima e um bilhete, que ele leu sem tocar: "Eu queria que você fosse o primeiro a saber. Te amo!". A assinatura era de Verônica.

Sem nada dizer, a senhora começou a soluçar. Não imaginava tal coisa. Com a desculpa de lhe buscar um copo de água, Lili os deixou e foi em direção à copa. No entanto, passou direto e entrou no banheiro feminino. Estava vazio e sentiu-se mais à vontade. Encostou-se na porta atrás de si, depois de fechá-la, e respirou fundo. Não queria se deixar vencer pela emoção, mas aquele dia estava sendo extremamente difícil. Procurou tirar a irmã da cabeça e focar em Verônica. Não era o mesmo criminoso, tinha certeza. No entanto, a série de semelhanças a assombrava. Foi até a pia e lavou o rosto, na esperança de que a água levasse embora todos os pensamentos ruins que lhe vinham à mente.

Somente depois de se acalmar deixou o banheiro e foi buscar o copo de água para a mãe de Rodolfo.

Depois que a senhora parou de chorar, Nico explicou-lhe que teriam que ficar com aquele material como prova. Ela compreendeu e despediu-se, dizendo que precisava ir.

Assim que ela se foi, ele levantou-se e perguntou se a parceira estava bem. Ela apenas assentiu com a cabeça e sentou em sua cadeira outra vez, como se fosse voltar a trabalhar. Precisava manter o foco, para não desabar de vez. Pegou uma caneta e ia fazer alguma anotação no bloco sobre a mesa, mas parou com a caneta tocando a folha em branco, levantou o rosto e comentou, mais com a intenção de mudar o foco dele para a investigação:

— Você reparou na etiqueta da roupa? Era da loja que encontrei na fatura do cartão de crédito. Aquela foi a compra que ela havia feito.

— Por isso ninguém encontrara nada no apartamento.

— Precisamos conversar outra vez com Rodolfo.

— Também acho — ele concordou. Em seguida levantou-se e prosseguiu: — Beleza! Amanhã cuidamos disso. O que você acha de irmos embora? Já são quase seis da tarde.

Ela conferiu o relógio de pulso. Não percebera que terminara o expediente. Ia responder que ficaria mais um pouco, porém o parceiro nem lhe deu tempo sequer de abrir a boca, acrescentando:

— E não tem essa de ficar mais um pouco, desta vez vamos sair para comer alguma coisa, em vez de ficar fazendo hora aqui na delegacia. Vamos!

Ela não teve como recusar. Precisavam conversar fora dali e seria o momento perfeito.

23

Lili e Nico haviam feito seus pedidos e aguardavam. Ainda era cedo, mas resolveram fazer um lanche ali perto. A bebida chegou rápido e, enquanto a comida não chegava, Lili sentiu-se na obrigação de explicar ao parceiro o porquê de seu comportamento naquele dia.

– Você deve estar achando que eu não tenho estabilidade emocional suficiente para trabalhar nessa área – ela iniciou.

– Eu não falei nada disso. Entendo o que você passou, mas acho que ficar remoendo o passado não vai ajudar.

Ela não respondeu de imediato. Tinha o copo de refrigerante na mão e o examinava, como se fosse uma evidência a ser explorada.

– Às vezes tenho a sensação de que alguma coisa me puxa para o passado, como se Cissa não estivesse em paz com o desenrolar do seu homicídio. Não sei por quê. – Dizendo isso, ela deu uma pequena pausa. O que dizia parecia insano, ela sabia, mas não precisava esconder isso dele. Prosseguiu, levantando o rosto e olhando-o: – Nós trabalhamos juntos há quanto tempo? Mais de um ano. Você sabe... isso nunca aconteceu antes.

Ele balançou a cabeça, concordando, e explicou:

– É por isso que fiquei preocupado.

Lili fez silêncio uma vez mais por breves instantes.

– Você sabe por que eu sei tanto sobre essa questão de gravidez e tudo o mais? – ela retomou.

– Não faço a menor ideia. Mas você sabe de tanta coisa que parece uma enciclopédia ambulante!

Ambos riram.

– Não é bem assim. Apenas leio bastante – ela tentou explicar. Depois silenciou mais uma vez, como se buscasse palavras certas para dizer o que tanto queria: – Mas não é por isso que sei dessas coisas. Minha irmã tinha descoberto, pouco antes de ser assassinada, que estava grávida. Ela não tinha contado a ninguém ainda, apenas eu sabia. Cheguei a ir a uma consulta com ela, onde a médica explicou tudo isso. Ela estava muito feliz. Meus pais jamais entenderiam isso. Eles sempre acharam que felicidade é ter uma conta-corrente bem recheada. Até hoje eles não aceitam o fato de eu ter decidido seguir carreira na polícia em vez de abrir um escritório de advocacia para atender a um bando de engravatados ricos, que querem ser ainda mais ricos, burlando leis e tentando se safar aproveitando brechas do nosso ordenamento jurídico.

– Eu sinto muito. Não sabia dessa condição de sua irmã. Entendo o porquê de você agir da maneira como agiu.

— Me desculpa, por favor. Não voltará a acontecer. Vou procurar me centrar mais, manter o foco no trabalho apenas.

— Acho que você está precisando de uma pausa. Por que não tira alguns dias pra relaxar? Eu termino esse caso, se precisar, peço ajuda ao Barros.

Ela meneou fortemente a cabeça. Não concordava.

— Não vou conseguir descansar sem terminar isso. Você sabe, tenho sempre que ir até o fim, senão não consigo me desligar, não vou descansar sabendo que não terminamos o caso, que não fechamos a investigação, que não conseguimos colocar o culpado atrás das grades... não, eu não sou assim. Você sabe...

Ele sabia. No entanto, não custava tentar. Nico tinha certeza de que seria o melhor para ela.

— Não quero que você se machuque com toda essa história...

— Eu estou bem agora. Não se preocupe. Por favor, vamos deixar o que aconteceu entre nós. Não conte ao Dr. Raul o que se passou.

— Eu nunca contaria, mas o legista pode levar o assunto adiante.

— Eu duvido. Com a mentira que ele colocou no laudo? Ele não iria se expor desse jeito.

— Então está tudo bem. O Dr. Raul não tomará ciência do que se passou.

O garçom os interrompeu ao trazer os pedidos: o hambúrguer duplo de Nico e o sanduíche de atum que Lili pedira. Os dois começaram a comer, sem pressa. O assunto ficou um pouco em segundo plano, enquanto o lanche era saboreado.

– Poderíamos passar o caso para outros investigadores, Lili.

– Não! – Ela quase deu um salto. – Quero concluir isso. Estamos tão perto de pegar o assassino.

– Talvez não. Ainda temos muitas questões em aberto. Não há nenhuma evidência que aponte para o fim do túnel.

– Eu sinto que estamos perto demais.

Lili não queria perder o caso. Nico, no fundo, acreditava que deixar que outro investigasse poderia ser bom para a parceira. O impasse ainda renderia discussão. Deixaram o assunto de lado uma vez mais para comentar sobre o lanche, que parecia delicioso.

Após terminar o sanduíche, Lili bebeu mais um pouco do suco e lançou um leve sorriso, comentando com o parceiro:

– Hummmm… eu estava precisando de um pouco de atum para aumentar meus níveis de serotonina!…

Ele riu do comentário, afinal o efeito não vinha tão rápido assim. Lili voltou a explorar o copo de suco, enquanto bebia o conteúdo.

– Não podemos deixar esse caso para outros, Nico. As investigações andaram bastante em nossas mãos. Estamos perto de descobrir o assassino.

– Mas isso não está te fazendo bem – ele ainda tentou argumentar, embora soubesse que perderia a discussão.

Lili estava decidida. Mesmo diante de todo aquele dilema, para ela, dar justiça aos que perderam suas vidas de modo tão violento e abrupto seria como se honrasse a memória da irmã. Por isso não ficaria em paz até prender o assassino.

– Eu aguento. Por favor, me deixe prosseguir! – ela pediu mais uma vez.

Nico finalizou o hambúrguer. Uma risada alta ressoou vinda da mesa ao lado, onde duas jovens falavam sobre alguma cena hilária que lhes ocorrera. Nico olhou-as, apenas por curiosidade, mas foi o suficiente para seu olhar ser detectado por uma delas, que sorriu e jogou um charme extra, ajeitando uma mecha que lhe caía sobre os olhos e apoiando o cotovelo sobre a mesa. Pronto, ele passou a ser o novo assunto delas.

Lili percebeu o que se passava, mas nada daquilo lhe era novidade quando saía com o parceiro, e ela tinha que admitir que não poderia ser diferente, com todo aquele bíceps que quase lhe rasgava as mangas da camisa. Baixou a cabeça, precisava manter o foco.

Nico apenas riu da situação com as jovens. Não estava interessado em nenhuma delas, sua preocupação maior, naquele momento, era a parceira. Ela sempre parecia tão forte que aquele comportamento da tarde o surpreendera. Lili sempre procurou manter a mente no lugar, sempre direta e certeira em seu julgamento. Poderia, sim, lhe dar um voto de confiança. Ela nunca demonstrara nada que o fizesse pensar diferente.

– Tá legal – ele disse, por fim. – Vamos pegar esse assassino e acabar de vez com essa história. O que você acha?

Lili sorriu de leve. Era o que desejava.

O celular dela tocou. Era o tio Luica, preocupado com a falta de notícias da sobrinha. Ele havia lhe enviado várias mensagens e Lili nem havia percebido, entretida com a conversa com Nico.

– Ele é um paizão pra você, não? – Nico não pôde deixar de comentar, depois que ela desligou o telefone.

Lili riu pra valer desta vez.

– Sim, é praticamente um segundo pai pra mim. Ele me ajudou muito desde que eu resolvi ficar por aqui, na cidade, para o desespero de meus pais.

Ele também riu e a conversa mudou um pouco de rumo, enquanto terminavam a bebida. Ela contou-lhe sobre o desenho que o tio fizera dela...

– Super Lili! Quem diria, hein! – ele zombou, em tom de brincadeira, e a fez sorrir de novo.

– Para, Nico! Ele só queria levantar meu astral.

– Ainda quero conhecê-lo. Será que ele desenha o Super Nico também? – Ele riu.

Em todo esse tempo que trabalhavam juntos, Nico nunca havia cruzado com o tio Luica.

– Pode deixar. Eu mesma encomendo seu desenho por você!

E a noite terminou mais descontraída, dispersando a nebulosidade que pairava no ar.

24

Na manhã seguinte, logo cedo, Lili e Nico foram à cadeia pública, como haviam combinado, para falar com Rodolfo. Enquanto aguardavam na mesma sala em que estiveram na primeira vez, Nico revia algumas anotações em sua caderneta, enquanto Lili, mesmo sem se conformar com o laudo do legista, trazia uma cópia do documento dentro da pasta e o relia. Assim que terminou a leitura do documento, pegou o laudo de polícia técnica e, no meio da leitura, parou de repente e olhou para o parceiro.

– Já li esses papéis diversas vezes e o que mais me intriga neles é a falta de digitais na região do pescoço.

– Pois é, o assassino limpou seus rastros. Assim como também limpou a maçaneta da porta do apartamento quando saiu de lá. Ele não usava luvas, a não ser que tenha premeditado. Quem anda com luvas no bolso?

– Exato, Nico. Mais um motivo pra descartarmos o Rodolfo, pois, se ele a tivesse matado, teria apagado outras provas contra si. Por que limpar apenas a região do pescoço e a maçaneta da porta, sendo que havia digitais dele em outras partes do corpo dela e no apartamento inteiro?

Nico encolheu os ombros:

— Talvez tenha sido tudo o que conseguiu pensar diante da situação em que se encontrava.

Ela não pensava assim e o disse, acrescentando:

— Eu acho que não foi ele quem matou Verônica. Cada vez acredito mais nisso.

Ouviram uma conversa se aproximando. Pareciam dois agentes falando de uma partida de futebol de um time local. O ruído do molho de chaves chegou primeiro, seguido da silhueta de Rodolfo do outro lado da grade de ferro que os separava do resto do presídio. A porta foi aberta tão logo o guardião das chaves encontrasse o par que casaria perfeitamente com aquela fechadura velha e enferrujada.

Um dos agentes entrou com Rodolfo algemado e colocou-o sentado na cadeira de frente para Lili e Nícolas. Sua aparência estava ainda mais desleixada que a da outra vez que o viram, como se definhasse pouco a pouco. Ele sentou-se e ficou aguardando os investigadores dizerem a que vieram.

Lili resolveu ir direto ao assunto:

— Rodolfo, você sabia que a Verônica estava grávida?

O rapaz arregalou os olhos como quem recebe uma notícia estarrecedora. Pelo visto, não fazia ideia. Duas perdas de uma só vez... Sentiu o coração dilacerar-se por dentro. Não soube o que dizer.

— Você não sabia? — Nico reforçou a pergunta.

— Não. — A resposta saiu num fio de voz.

Lili contou-lhe sobre o pacote que havia sido enviado pela vítima pelo correio antes de morrer. Não entrou em detalhes sobre o bilhete. Queria testar sua reação, afinal, ainda não estava 100% descartada a culpa do rapaz.

— Será que você não suspeitava mesmo? — Lili especulou. — Será que você suspeitava e achou que o filho não era seu?

— Ela jamais me trairia! — o jovem grunhiu entre os dentes.

— Ou traiu e você descobriu. Isso seria um bom motivo para matá-la — Lili completou.

— Não! — o rapaz quase gritou, balançando fortemente a cabeça em negação ao que a investigadora dissera. — Eu não matei ela, já falei pra vocês! Se ela estava grávida, o bebê era meu!

— Mas vocês haviam ficado um tempo sem se ver. Ela pode ter saído com outro cara — Nico argumentou.

— Eu teria ficado sabendo.

— Por quê? Você a estava seguindo? — Lili jogou verde uma vez mais.

— Claro que não! Ela teria me contado.

— Então, por que os pais dela insistem em dizer que vocês nunca estiveram juntos e sequer queriam que alguém soubesse da gravidez? — ela tornou a perguntar, ainda não satisfeita com as respostas que recebera até o momento.

— Sei lá! Talvez eles não quisessem admitir que poderiam ter um netinho negro! — Rodolfo respondeu furioso.

Lili e Nico calaram-se. A teoria do rapaz fazia sentido. Quem são as pessoas que insistem tanto que o namorado nunca existira? Quem reagira mal ao descobrir que a polícia sabia da gravidez? Eles possuem todos os motivos para não querer que a história entre Verônica e Rodolfo prosseguisse. No entanto, são pais. Não lhe tirariam a vida. Pelo menos é o que se espera dos pais... proteção e cuidado. Será que Verônica teria morrido por causa dessa gravidez? Essa era a nova pergunta que Lili se fazia agora. Se for isso, como teria acontecido?

Após mais algumas perguntas, Lili e Nícolas se deram por satisfeitos e deixaram o local.

25

Ao chegarem à delegacia, Lili e Nico retomaram a investigação, agora com foco no vizinho de Verônica, César, buscando evidências que comprovassem suas atividades ilícitas. Enquanto analisavam, Nico levantou uma hipótese ainda não discutida por eles: e se Verônica tivesse se arrependido da gravidez e buscara César querendo algum abortivo?

– Não acho provável, Nico, ela havia postado o pacote no correio para o Rodolfo pela manhã. O que a poderia ter feito mudar de ideia? Eu não creio que tenha sido isso.

– Você vai me contar seu plano?

– Depois. Vamos primeiro descobrir mais sobre ele. Será que já conseguiram desbloquear o celular de Verônica?

– Vou ligar pra descobrir.

Depois de alguns minutos, Nico desligou o telefone:

– Tenho uma boa e uma má notícia...

Lili olhou para Nico curiosa:

– Por favor, me diga que a boa notícia é que conseguiram desbloquear o celular da vítima.

Ele assentiu com a cabeça e completou:

— A má é que o celular foi formatado logo após a morte da menina.

Ao ouvir isso, Lili arregalou os olhos, sem poder acreditar, e abriu a boca, estupefata.

— Como é que é?!

— Isso mesmo. O celular desbloqueava com a digital dela. Suspeita-se que o assassino, assim que matou a garota, desbloqueou o celular com o dedo dela, antes mesmo de deixar o apartamento, e formatou o telefone. Tudo o que havia nele foi apagado.

— Eu não acredito! O sujeito é esperto! Creio que a morte dela tenha a ver com algo que poderia incriminá-lo. Nós pedimos a quebra do sigilo telefônico, não? Vamos pressionar a empresa para ver se agilizam isso. Pelas ligações dela, poderemos ter a prova de que necessitamos para incriminar definitivamente esse César.

— Pode deixar que eu cuido disso.

Nico deixou a mesa e saiu para tentar agilizar o documento que poderia ajudar a solucionar o caso.

Assim que ele saiu, Lili pegou outros documentos para ler, também sobre o caso. Estava compenetrada quando Nico retornou, dizendo ter feito contato com um amigo que poderia ajudar a agilizar a solicitação junto à empresa de telefonia.

Nesse momento lhe veio uma ideia. Pegou o telefone para fazer uma ligação, sem explicar direito para o parceiro o que pretendia. Assim que o interlocutor atendeu, ela se identificou e perguntou apenas:

– Preciso esclarecer mais alguns detalhes sobre a morte da Verônica. Você poderia dar uma passada aqui na delegacia? – Ela esperou a resposta e, assim que ela veio, prosseguiu: – Ótimo.

Depois que desligou o aparelho, Nico quis saber do que se tratava e ela explicou:

– Chamei o Lucas novamente pra tirar algumas dúvidas.

– O que é que você está planejando fazer?

– No momento, só quero ver se ele colabora um pouco mais.

Lili explicou, ainda, que desejava confirmar o uso do medicamento pela garota e o fornecedor dessa droga, considerada lícita, quando prescrita por um médico. Tinha esperanças de que ele pudesse ajudar.

O rapaz apareceu no meio da tarde.

Assim que ele se sentou, Lili explicou por que o chamara. Falou das suspeitas e acrescentou, para instigar a colaboração por parte dele:

– Lucas, tenho quase 100% de certeza de que foi por causa de algum remédio que a Verônica pode ter sido assassinada, embora não saibamos ainda o porquê nem como se deu a morte dela. Temos esse sujeito, César, que parece ter vendido alguma coisa pra ela. Pelo que parece, ele foi o último a vê-la. Você diz que a amava. Então, eu lhe pergunto: você não quer ver o culpado atrás das grades?

— Ele já está atrás das grades. Por que vocês não deixam assim?

— Rodolfo não a matou. Ele a amava e ela também o amava. Você sabia que ela estava grávida?

Desta vez o rapaz olhou arregalado para ela, jamais poderia imaginar tal fato.

— Não... Eu não sabia disso — ele respondeu apenas, com uma expressão que misturava surpresa e indignação.

Houve um breve silêncio e foi Lili quem retomou a conversa:

— Minhas suspeitas são de que esse César tem algo a ver com a morte dela. Você o conhece. Talvez também esteja comprando remédios dele.

— Não! Eu juro!

Ele calou-se novamente, no entanto, desta vez, parecia refletir. Lili tentou persuadi-lo de outra forma:

— Escuta, Lucas, se você colaborar e depor contra esse sujeito, podemos falar com o Ministério Público e isso irá pesar a seu favor contra os delitos que você cometeu ao mentir pra nós. Talvez sua mãe nem fique sabendo o que você fez. Você pode se livrar dessas acusações com penas alternativas, como trabalho voluntário, por exemplo. Vamos fazer de tudo para seu nome nunca ir parar na imprensa.

Ele permaneceu calado por mais um tempo, pensando nas possibilidades. Poderia ser uma solução para resolver seu problema com a polícia, ela estava certa. Lucas então respirou fundo, quase em resignação, e a investigadora recostou-se na cadeira, suspeitando que havia conseguido o que desejava. Por fim, ele respondeu:

– Tá bom. Posso ajudar nisso. E vocês me ajudam também.

– Ótimo. – Ela quase deu um pulo de alegria, diante do assentimento do rapaz. – Então nos diga: Verônica comprava com frequência algum remédio com esse César, não é mesmo?

– Sim, você está certa – ele respondeu, por fim. – Ela comprava remédio dele.

– Que tipo de remédio?

– Eu não sei. Só sei que ele vende pra um monte de gente da universidade. A Verônica comprava porque ficava muito ansiosa antes das provas e das apresentações de trabalhos. Ela dizia que ajudava a se concentrar melhor. Esse César era quem conseguia o remédio pra ela e pra muita gente da faculdade também. Agora, eu juro, não sei o que é, mas que eu saiba não era droga. A Verônica não usava drogas.

– E você se propõe a depor contra ele? – Nico quis saber ainda.

Ele balançou afirmativamente a cabeça.

26

Não foi difícil montar um dossiê completo sobre esse César. Levou pouco tempo, uns três dias, para que conseguissem levá-lo para ser inquirido. Enquanto isso não ocorria, a ânsia de ver-se livre desse caso, de prender o culpado pela morte da garota e por resolver tantos problemas de uma só vez fez Lili esquecer-se de todo o resto, até mesmo de Cissa. A investigação sobre o sujeito levou a dupla a descobrir muito sobre o esquema de desvio de medicamentos, inclusive controlados, que ele mantinha dentro da farmácia do hospital público em que trabalhava.

Foi feito contato com o pessoal da Delegacia de Entorpecentes, que ajudou no caso. Obtiveram, inclusive, um mandado de busca e apreensão para o apartamento em que ele morava. Ficou combinado que iriam ao apartamento no mesmo dia em que ele teria que comparecer à delegacia para ser ouvido, em uma ação conjunta entre as equipes.

Lili queria mesmo é que ele saísse da sala de interrogatório algemado, direto para o xadrez, e sem possibilidade de fiança, já que acabaria respondendo por pelo menos dois crimes que poderiam ser considerados hediondos: tráfico de entorpecentes e homicídio. Para complicar ainda mais a situação dele, chegara nas mãos dos dois investigadores o detalhamento das ligações realizadas pelo telefone de Verônica e, conforme Lili suspeitava, o número de César era realmente a última ligação feita pela vítima antes de morrer.

– "Bingo"! – Lili vibrou com a descoberta. Esse César não iria conseguir se safar dessa.

O sujeito estava agora sentado diante de Lili e Nico, na sala de interrogatório da Delegacia de Homicídios. Investigadores da Entorpecentes também estavam por ali, esperando Lili e Nícolas terminarem seus questionamentos para levarem o jovem para averiguações.

– Estamos de olho em você há algum tempo, sabia, César? – Lili resolveu ir direto à questão. – Sabemos que você desvia medicamentos, incluindo psicotrópicos, do hospital. Sabemos, também, que Verônica te procurou pouco antes de morrer para pedir um remédio específico e podemos comprovar isso. Ainda não sabemos que remédio é esse, mas o exame toxicológico que solicitamos irá nos dizer.

– Vocês estão blefando – ele disse de imediato. – Ela está enterrada, não podem mais fazer exame de drogas nela.

– Existem exames que podem ser realizados a partir de fios de cabelo e amostras de unhas. Muitas vezes, se consegue detectar consumo de drogas ou ingestão de medicamentos até seis meses depois de utilizado o produto. Faz três meses que Verônica morreu, está dentro da janela de tempo para esse tipo de teste – a investigadora argumentou. – Pedimos a exumação do corpo e tenho certeza de que o juiz não irá negar.

– Sabemos também que ela estava grávida, César – Nico ajudou. – Ela bateu na sua porta, naquele dia, pedindo algo para interromper a gravidez?

– Eu não sei do que vocês estão falando – ele continuou negando.

– Temos uma testemunha que viu Verônica bater na sua porta pouco antes de morrer. Isso faz de você a última pessoa com quem ela falou antes de ser assassinada. Então, acho bom você começar a falar – Nico retomou.

Nenhum dos argumentos ajudou a fazê-lo confessar e Lili e Nícolas deixaram-no um tempo sozinho na sala de interrogatório e saíram para conversar sobre uma alternativa para fazê-lo confessar.

Enquanto César estava na delegacia, duas equipes, uma da Delegacia de Entorpecentes e outra da Homicídios, foram ao apartamento dele. Resolveram fazer no mesmo dia para não dar a ele a possibilidade de ocultar as provas ou fugir.

Lili e Nico retornaram para suas mesas, não tinham a menor pressa. Depois de mais de meia hora, retornaram para a sala de interrogatório, ela tinha a pasta do caso na mão, pegou uma das folhas e abanou na frente do rapaz.

— Veja isso, César. Aqui está a prova de que você foi o último a falar com Verônica antes de ela morrer. Sabemos que ela te ligou, mas queremos saber agora o porquê.

— E daí?! Se ela me ligou, isso prova que eu não estava lá. Enfim, vocês não têm prova nenhuma contra mim, por isso estão falando um monte de besteira – ele rebateu.

— Sabemos que você estava em casa, no apartamento ao lado do dela. Você disse isso em seu primeiro depoimento. Sabemos que ela bateu na sua porta e vocês se falaram pessoalmente. Você vai nos contar o que ela tanto queria com você? – Lili insistiu.

— Apenas conversar. Ela estava muito chateada, sabe... – Ele deu de ombros, como se nada daquilo tivesse a menor importância.

Depois de mais algum tempo ali, ainda tentando obter alguma colaboração do rapaz, alguém bateu na porta e chamou os dois, que saíram outra vez.

A equipe que estava no apartamento do suspeito realizando buscas havia retornado com algumas caixas que encontraram e, dentro delas, muitos medicamentos apreendidos. Porém, aparentemente, nada que o relacionasse a Verônica. Lili e Nico começaram a remexer nas caixas, para tentar descobrir o que se passara. Estavam outra vez na sala de reuniões, com as caixas sobre a mesa. Lili, então, encontrou um remédio que lhe chamou a atenção. Pegou a caixinha com o nome do medicamento, leu o princípio ativo e deixou a sala para fazer uma pesquisa em seu computador. Nico não compreendeu muito bem e a seguiu, curioso para saber o que ela encontrara.

– Como eu pude ser tão burra? – Ela parecia indignada consigo mesma. – Não percebi a relação entre os fatos!

– Do que é que você está falando? – ele quis saber.

– Já sei o que aconteceu.

– O quê?

Ela não respondeu de imediato. Ainda fez algumas pesquisas na internet e analisou vários documentos que haviam juntado contra César durante a investigação. Ficou nisso quase dez minutos e Nico já estava desistindo de esperar, até que ela se levantou outra vez e puxou o parceiro de volta para a sala de reunião, onde estavam os medicamentos apreendidos. O pessoal da Delegacia de Entorpecentes catalogava tudo. Ela pegou uma das caixas que possuía uma tarja preta bem grande e mostrou para Nico:

– Você conhece o Clonazepam, também conhecido como Rivotril?

– Já ouvi falar.

– É indicado para pessoas que possuem T.O.C., síndrome de pânico, ansiedades extremas e outros distúrbios psiquiátricos. Porém, hoje em dia, alguns estudantes o estão utilizando a torto e a direito, supostamente como um amplificador de capacidades cognitivas. Esse remédio é de uso controlado e pode trazer muitos malefícios pra saúde. Essa atitude dos jovens vem sendo questionada por muitos profissionais da área, inclusive psiquiatras, pois o

Clonazepam possui efeitos colaterais pesadíssimos. E adivinha... Ele é contraindicado na gravidez!

Ele a olhou, atônito:

– Você engoliu uma enciclopédia quando era criança?! – ele zombou.

Ela colocou as mãos na cintura e até ensaiou um sorriso com o canto da boca:

– Internet, meu caro Nico!

Ele arqueou as sobrancelhas, em sinal de compreensão, como se não soubesse o quão alto era o QI da parceira.

– E? – ele perguntou, pois, apesar de toda a explicação, não conseguia encontrar a motivação para o crime naquilo.

– Veja quantas caixas esse sujeito tinha em casa! Provavelmente ele está vendendo pra estudantes.

– E você acha que Verônica estava envolvida no esquema dele?

– Acho que ela foi apenas uma vítima infeliz. Vamos fazer esse sujeito confessar. Eu não tenho mais dúvidas de que ele a matou.

Dizendo isso, Lili sorriu satisfeita e ambos retornaram para conversar com César.

Assim que adentrou a sala de interrogatórios, Lili foi logo informando:

– Descobrimos que remédio você vendeu pra Verônica, César – ela falou, balançando uma caixa do medicamento no ar. – Já sabemos o que aconteceu. E temos algumas testemunhas que se prontificaram a depor contra você. – Ele se fez de cético e sorriu, sarcástico. Ainda não acreditava. Ela prosseguiu: – Você vendia essa droga para ela com frequência, não é mesmo? Naquele dia, ela te procurou porque a briga com o amigo a havia deixado muito abalada e você vendeu pra ela esse remedinho, como costumava fazer. Mas ela começou a passar mal e te ligou. – Enquanto ouvia, ele foi se tornando sério e seu rosto foi ficando pálido, para a alegria de Lili, que prosseguiu, sorrindo: – Confirmamos que a última chamada dela foi pro seu número. O que aconteceu quando você voltou lá, hein? Vocês brigaram? Por quê?

– Me diga você! – ele continuou a desafiá-la.

Lili caminhou pela sala, analisando-o, e arriscou seu palpite:

– Ela estava passando mal por causa do remédio e te culpou por isso. Não foi? – Ele ia ficando ainda mais pálido e preocupado e Lili sorria por dentro, pois sabia que estava certa. – Ela ameaçou te entregar pra polícia. Foi isso? Você não queria ser preso, não é mesmo? Por isso a matou. Pode falar, nós já descobrimos tudo e tenho certeza de que o exame toxicológico irá corroborar minha teoria.

Ele calou-se por um bom tempo. Estava cansado. Estava de molho ali há pelo menos três horas, sem contar a espera que passou antes de ser atendido na recepção. César olhou para os dois, percebeu a feição de vitória que Lili trazia por baixo da expressão séria que carregava. Resignado, resolveu falar:

— Como eu ia saber que ela tava grávida? Ela exagerou na dose e queria colocar a culpa em mim! Que culpa eu tinha? Ela tava passando mal e colocou a culpa no remédio que vendi pra ela. Disse que ia perder a criança e que eu era o culpado por matar o bebê dela! Ela ficou muito alterada. Começou a gritar coisas... Pegou até o telefone pra ligar pra polícia!

— E o que você fez, César? — Nico perguntou quando ele se calou.

— O que eu fiz se chama autodefesa. Ela ia me atacar! Foi isso o que aconteceu.

Lili parecia não acreditar no que acabara de ouvir. Então repetiu:

— Autodefesa? Ela não estava armada, nem tinha como te machucar! Olha o seu tamanho! Você é muito maior que ela, César! Você acha mesmo que algum júri iria acreditar em sua versão?

— Eu não fiz nada, apenas me defendi.

Lili preferiu ignorar o delírio do rapaz. Sabia como funcionava um tribunal do júri. Sentiu-se satisfeita ao poder dar voz de prisão a ele e algemá-lo. Chamou alguém para levá-lo para o xadrez e olhou para o parceiro. Estava feliz e ele percebeu.

César responderia, também, por desvio e venda ilegal de medicamentos, além de tráfico de entorpecentes. Com certeza ele não conseguirá escapar de muitos anos atrás das grades.

27

Lili estava mais que satisfeita, principalmente porque agora poderia ter a tão merecida boa noite de sono, depois de todo o tempo em que a cama vinha sendo sua pior inimiga. Ao sentar-se novamente na cadeira diante de sua mesa, não pôde deixar de pensar que talvez a pressão da mídia e sua capacidade de manipular a opinião popular não fossem de todo ruim. Às vezes, essa pressão ajuda a resgatar a verdade encarcerada no mais profundo dos calabouços, mesmo que a chave tenha sido atirada ao mar.

Pegou o celular e mandou uma mensagem para o tio Luica: "Caso encerrado!". A resposta foi quase instantânea. Poucos segundos depois, uma imagem chegou em sua tela, era a gravura que o tio fizera dela, como super-heroína, capturando o vilão. Desta vez, o desenho estava finalizado. Lili sorriu e mostrou o desenho para o parceiro, que ocupava a mesa ao lado, cheia de papelada a ser preenchida para encerrarem a parte burocrática das investigações. Ele riu.

— Ficou a sua cara, Lili. Seu tio desenha muito bem!

— Ainda vou encomendar o desenho do Super Nico! — ela falou rindo.

A alegria dos dois investigadores não durou muito. Logo o Dr. Raul surgiu diante deles, parabenizou-os pela conclusão e acrescentou:

— Não pensem que temos tempo para festas e comemorações. Tenho um novo caso para vocês dois. Venham comigo.

Os três embarcaram em uma viatura e deixaram a delegacia.

Foi pouco mais de meia hora de viagem antes de o veículo sair da rodovia e embrenhar-se na mata por uma trilha precária de terra e poeira vermelha. O carro em que o delegado e os dois investigadores estavam estacionou ao lado de outras viaturas, em meio às árvores. Um grande fluxo de uniformes convergia por um dos caminhos mata adentro, e para lá os três se dirigiram também a pé.

Lili olhou ao redor. Árvores altas, muitas espécies nativas, algumas com poucas folhas devido à época do ano em que se encontravam. Tudo isso não parecia ser um bom sinal e lhe parecia quase um *déjà-vu*.

Ela e o parceiro haviam sido atualizados pelo delegado durante o trajeto. Um corpo achado em uma clareira por um casal que fazia trilha pela mata. Ouviu-se o ruído de uma Van chegando. Lili olhou para trás. Era a equipe de polícia técnica.

Caminharam por cerca de 100 metros em meio à natureza até alcançarem o local em que todos estavam.

Uma fita zebrada, amarela e negra, isolava o perímetro, e o delegado, Lili e Nico precisaram se identificar para ultrapassá-la. No centro, o motivo de todos estarem em polvorosa. Uma garota jazia sobre a relva. Seu corpo se encontrava em adiantado estado de putrefação, e sua fisionomia não permitia que fosse identificada de imediato, tanto por causa do tempo em que estivera exposta ao ar livre, sem vida, quanto pela ação de animais silvestres que por ali passaram.

A jovem trajava um vestido branco, quase uma mortalha. Os braços estendidos ao longo do corpo haviam sido arrumados. As pernas estavam esticadas. Ao redor da garota, flores brancas emolduravam o corpo, fazendo parecer que dormia sobre elas, serena, em paz.

FONTE: Electra

#Talentos da Literatura Brasileira
nas redes sociais